TROIS PETITES HISTOIRES DE JOUETS

Philippe Claudel, né en 1962, est notamment l'auteur des *Âmes grises* (Stock, 2003), de *La Petite Fille de Monsieur Linh* (Stock, 2005), du *Rapport de Brodeck* (Stock, 2007), romans couronnés de nombreux prix littéraires et traduits dans le monde entier. Nominé deux fois aux Golden Globes, son premier film, *Il y a longtemps que je t'aime*, avec Kristin Scott Thomas et Elsa Zylberstein, a remporté le BAFTA (British Academy of Film and Television Arts) du meilleur film étranger, deux César, et a connu une grande carrière internationale.

PHILIPPE CLAUDEL

Trois petites histoires de jouets

VIRGILE

Bon anniversaire, Monsieur Framottet

Le 23 juin 1906, Hyppolite Framottet s'apprêtait à fêter son anniversaire. Il avait cinquante et un ans, une femme, trois enfants dont le dernier avait douze mois, une belle-sœur, une belle-mère, une usine à vapeur qui dressait dans le ciel une cheminée énorme, 214 ouvriers, 20 contre-maîtres, 3 comptables, 2 directeurs, une demeure cossue qui ressemblait à un petit château, et une fortune immense dont lui seul connaissait l'exacte étendue.

Barbu, sévère, travailleur infatigable, bedonnant, sujet à la goutte, avare, il était par ailleurs conseiller général, décoré de l'ordre du Mérite, officier de la Légion d'honneur, détenteur de la médaille de l'industrie. Bon père et bon mari, il se contentait chaque année de deux ou trois copulations ancillaires avant d'éloigner au plus vite, en lui donnant la pièce et une bonne lettre, la servante avec laquelle il avait fauté.

Il était reçu chez l'évêque, le préfet, quelques secrétaires d'État. Il en concevait une fierté de dindon. Il aspirait à la députation.

Hyppolite Framottet était un homme heureux, mais ce bonheur, il ne le montrait jamais, ne sachant d'ailleurs pas trop définir ni même nommer le sentiment de plénitude qui l'envahissait lorsqu'il compulsait les carnets de commande pleins à craquer que lui tendaient des mains respectueuses et craintives, ou quand il marchait à pas forcés dans son usine, suivi de la petite troupe des contremaîtres qui peinaient, légèrement courbés, à suivre son allure, et que partout le vrombissement des dizaines et des dizaines de tours se changeaient, dans son pauvre imaginaire, en une musique tintinnabulante, celle de la chute soyeuse de francs-or déversés comme à profusion d'une corne brandie par une jeune fille laiteuse aux seins découverts.

Hyppolite Framottet avait hérité de l'usine que son propre père avait fondée en 1871. Très vite, Framottet père se rendit compte de l'intelligence limitée de son rejeton, et plutôt que de le laisser devenir complètement idiot en somnolant sur les bancs des jésuites de Besançon, il le fit revenir au bourg et entreprit de l'initier au métier de bourgeois industriel.

Si ni Platon, ni Bossuet, ni Lamartine n'étaient jamais parvenus à éveiller le moindre intérêt dans l'esprit un peu lourd du jeune homme, le principe de l'investissement, de la fraction du capital, des encours à terme, du report d'agios, de l'étalement des traites, et du paiement à rebours lui parurent les arcanes passionnantes d'une sorte de grand jeu pour lequel il devint assez aisément un champion.

Par ailleurs, sans avoir de génie, ni même la moindre parcelle d'invention, il sut capter le meilleur des autres, se l'accaparer, et se l'attribuer. C'est ainsi qu'il put doter l'usine paternelle de tout un tas d'améliorations tant techniques que créatives qui bien vite donnèrent à l'établissement une envergure nationale dans son domaine qui était celui du bois tourné.

À la mort de son père en 1891, Hyppolite Framottet prit seul la direction de l'usine. Il s'assit dans le grand bureau aux murs couverts de panneaux de palissandre, posa son derrière déjà imposant sur l'assise du fauteuil en cuir, le fit pivoter et donna, le cœur battant, son premier ordre de nouveau chef au secrétaire, tout en regardant face à lui le portrait barré d'un crêpe noir de feu son père.

En quelques années, l'activité de l'usine fut multipliée par cinq. On embaucha, on sous-traita, on s'agrandit. Sans concurrent réel, Hyppolite Framottet devint une sorte de monarque d'un royaume de bois aux senteurs de buis et de hêtre. Toutes les pièces qui sortaient de l'usine étaient envoyées aux quatre coins de la France, parfois même en Belgique, en Prusse, en Argentine, voire aux États-Unis d'Amérique.

Mais ce qui propulsa son entreprise dans la sphère étroite du grand capital, ce fut le virage audacieux qu'il lui fit prendre, en 1900, lorsqu'il décida, tout en continuant la fabrication d'articles traditionnels, de consacrer une partie de son parc de machines à la production de jouets. L'usine prit son envol comme une fusée. L'argent s'entassa dans les caisses. On embaucha encore et encore. Les grands magasins parisiens passaient commande chaque semaine. On avait peine à suivre. Hyppolite Framottet eut soudain le sentiment nigaud que la terre lui appartenait.

Lorsqu'il marchait dans le bourg, les hommes s'arrêtaient, enlevaient leur casquette et saluaient bien bas. Les femmes quant à elles s'arrêtaient aussi et faisaient une sorte de petite révérence. Il ne répondait ni aux uns ni aux autres. Il faisait mine de ne pas les voir, partant du principe que les ouvriers sont tous des ivrognes, et les ouvrières des débauchées, et que si lui commençait à leur rendre leur salut, il passerait ses journées à cela. Il avait bien d'autres choses à faire. Ce dédain marqué ne l'empêchait pas d'ailleurs de faire en sorte que ses employés vivent dans des conditions décentes. Et souvent il s'inquiétait de leurs logements, du sort de leurs enfants, de leur éducation, de leur alimentation, consentant souvent des avances sur les payes, souffrant des retards sur les termes des loyers des appartements en sa possession qu'il mettait à leur disposition. Aucune philanthropie ne dictait cela, simplement le souci d'un patron qui désirait que sa main-d'œuvre fût dans la meilleure forme possible afin qu'elle lui donnât le meilleur d'elle-même. « Ce n'est pas avec un cheval à trois pattes qu'on tire bien la charrette. » Il avait pêché cette phrase il ne savait plus où et la répétait à l'envi.

Le 23 juin 1906, Hyppolite Framottet se leva à 4 heures du matin. Il déjeuna très légèrement de saucisses, de café, de fromage, de jambon, d'œufs et de brioche. Puis, après quelques ablutions, il prit dans une haute armoire de son dressing trois paquets parallélépipédiques qui étaient secrètement arrivés trois jours plus tôt, en provenance directe du *Bon goût moderne* 168, boulevard Haussmann, Paris.

Il ouvrit les paquets, en sortit leur contenu, puis s'en revêtit avec un plaisir qu'il parvint à peine à se dissimuler à soi-même. La maison dormait encore lorsqu'il descendit le grand escalier, faisant grincer le cuir de ses bottes neuves et feuler le tissu rêche de la curieuse veste qu'il venait d'endosser. Parvenu au-dehors, avec les précautions d'un conspirateur, il descendit la grande allée de gravier jusqu'au portail, puis attendit debout, au bord de la route. Il était un peu plus de cinq heures.

Les mains gantées de phoque, le haut du crâne engoncé dans une casquette à rabats vert olive, pelucheuse, et d'une taille trop petite pour lui, les yeux disparaissant derrière d'énormes lunettes de forme hexagonale à monture d'acier doublée de caoutchouc, ce qui avait pour vertu de les rendre, selon le prospectus, « *parfaitement étanches au vent et à l'eau, quelles que soient les conditions atmosphériques, fussent-elles épouvantables ou bien polaires* », le cou entortillé dans une étole en peau et fourrure de loutre, la poitrine opprimée par une triple jaquette à poches multiples, « *du dernier chic, modèle anglais, indispensable et fondamentalement nécessaire aux personnes de qualité voulant sans surprise s'adonner à ce nouveau sport* », les cuisses et les jambes emballées dans un pantalon bouffant, d'un jaune criard, avec renfort en cuir de buffle aux articulations et au postérieur, les pieds et les mollets contraints par des bottes « *d'une forme révolutionnaire permettant les mouvements les plus amples comme les plus délicats* », Hyppolite Framottet, méconnaissable, commençait à suer à grosses gouttes dans son harnachement alors que le soleil n'était pas encore levé.

Vers cinq heures et quart, passa sur la route Amédée Voreux, un braconnier qui depuis qu'il était né jouait au chat et à la souris avec le garde-chasse et les gendarmes. Il portait sous sa blouse deux lièvres encore chauds qu'il venait de dégager de ses collets. Lorsqu'il aperçut Hyppolite Framottet, il ne le reconnut pas. Il se frotta les yeux, pensa à un moment que la gnôle qu'il avait bue à jeun lui donnait des visions et, passant près de l'industriel, il lui lança goguenard : « Où tu vas mon gars, sur la lune ? » Hyppolite Framottet ne répondit rien. Il fit volte-face, rongeant son frein. Voreux s'éloigna en rigolant comme un bossu.

Dix minutes plus tard, à l'heure convenue, une lourde voiture tirée par six chevaux et conduite par deux hommes se profila au bout de la route. Hyppolite Framottet était en nage. La sueur coulait le long de ses lunettes dont il put ainsi vérifier l'étanchéité. Les poils de loutre irritaient sa nuque. Il marinait dans ses bottes. Ses poumons, oppressés, peinaient à lui délivrer de l'air. Il vint au-devant des voituriers. Il se présenta à eux et à voix basse les invita à le suivre.

Les deux types paraissaient harassés, comme s'ils avaient fait un très long voyage. L'accoutrement d'Hyppolite Framottet ne sembla pas les intriguer. Ils se laissèrent conduire. Dans un silence total, l'industriel ouvrit grand le portail du parc : la voiture entra. Les chevaux semblaient aussi exténués que leurs maîtres. Parvenu près du perron, Framottet fit arrêter le convoi et murmura à l'oreille des deux hommes que c'était là qu'il fallait décharger. Ils soulevèrent les bâches : apparut soudain une masse énorme, presque cubique, entourée de toiles goudronnées, sanglée de toute part. Les deux gars placèrent quatre planches, épaisses et larges à l'arrière, de façon à ce qu'elles touchent le sol. Puis ils montèrent dans la voiture et, ensemble et d'un même effort, poussèrent l'énorme colis emballé qui se mit à glisser magiquement puis à dévaler les planches pour finalement venir sur le sol et s'immobiliser en s'enfonçant un peu dans les graviers.

Hyppolite Framottet avait surveillé la manœuvre avec angoisse et jubilation. Tout entier à son observation, il ne faisait même plus attention aux flots de sueur dans lesquels il mijotait et qui le faisaient de plus en plus ressembler à une grosse marinade.

« On déballe tout ? demanda le plus grand des gars qui avait une tête triste et beige.

– Je m'en chargerai ! » coupa Framottet qui commençait à concevoir un sentiment de possession et de jalousie à l'égard de l'objet qu'on venait de lui livrer.

« On vous montre pas comment ça marche ? hasarda l'autre convoyeur.

– Je ne suis pas idiot ! » trancha Framottet avec dédain.

Le gars haussa les épaules avec résignation.

« Faites attention quand même, c'est capricieux ces choses-là... »

Le convoyeur à tête triste avait dit cela en reprenant les rênes du cheval de tête. L'autre ajouta :

« Il y a un mode d'emploi à l'intérieur, on ne sait jamais, ça pourrait vous servir...

– C'est cela ! c'est cela ! » jeta Framottet avec irritation, se demandant quand ces deux corniauds le laisseraient enfin seul avec ce qu'il avait attendu depuis des mois, et qui désormais était là, chez lui, pour lui seul.

Les deux gars attendirent un pourboire qui ne vint pas. Puis, de guerre lasse, ils s'épongèrent le front, marmonnèrent un au revoir, remontèrent dans leur voiture et, lentement, s'en allèrent.

Hyppolite Framottet trépignait comme un enfant. Il attendit que la voiture et les convoyeurs aient disparu pour, avec respect et délicatesse, presque avec dévotion, détacher la première sangle, puis la deuxième, puis la troisième, puis toutes les sangles, le cœur battant, et d'un geste ample autant que théâtral arracher l'immense bâche qui s'envola dans le ciel comme un épervier pour retomber au sol dans un bruit de froissement. Alors, découvrant pour la première fois dans la lumière rasante du matin de cette belle journée d'été ce qu'il n'avait vu jusqu'à présent que sur catalogue, Hyppolite Framottet fut secoué d'un tremblement nerveux. Il sentit sa gorge se nouer et quelques larmes de joie poindre au bord de ses yeux. Jamais il n'avait été aussi heureux de sa vie.

Lorsque Madame Framottet, une forte brune que ses trois grossesses avaient épaissie plus encore, constata l'absence de son mari, elle n'en fut guère étonnée, habituée qu'elle était au fait qu'il partait souvent très tôt à l'usine, même les dimanches, même les jours de fête, même les jours d'anniversaire.

Lorsqu'elle fut toilettée, corsetée, peignée, lorsqu'elle eut pris son petit déjeuner, lorsqu'elle eut donné quelques ordres au personnel et aux nurses, lorsqu'elle eut salué sa sœur, sa mère, elle sortit dans le parc afin d'y cueillir un bouquet de roses.

Il était un peu plus de huit heures. La chaleur déjà était accablante. Elle descendit les marches du perron, les yeux rivés sur ses pieds qu'elle avait un peu bancals afin d'éviter toute chute. Parvenue sur le gravier, elle regarda enfin devant elle, le vit, poussa un cri, faillit s'évanouir.

Hyppolite Framottet, dans son costume hivernal d'explorateur d'opérette, les yeux disparaissant derrière la buée accumulée dans ses lunettes gigantesques, le visage cramoisi et suintant de toute part, se tenait assis dans une automobile flambant neuve, aux roues hautes et noires, à l'allure d'énorme insecte, à l'élégance arachnéenne, ses mains gantées tétanisées autour du volant. On aurait cru une statue. Sur ses lèvres s'épanouissait un sourire béat. Il ne bougeait pas, n'était pas mort pour autant mais simplement heureux, heureux comme un enfant qui le jour de Noël a trouvé dans son chausson le jouet qu'il espérait depuis si longtemps.

Sa femme, à peine remise de ses émotions, fit le tour de l'automobile dont les cuivres rutilaient sous le soleil. « Mon Dieu, mon Dieu », ne cessait-elle de répéter. Puis regardant l'individu assis derrière le volant et qui souriait aux anges, elle lui dit « C'est bien vous, Hyppolite ?

– Qui voulez-vous que ce soit ? » répondit Framottet sans perdre ni son sourire ni sa pose immuable.

« Mon Dieu… mon Dieu… » continuait l'épouse en tournant toujours autour de l'automobile. « C'est une vraie ? finit-elle par demander.

– Évidemment ! » répondit le mari grand seigneur, alors qu'en temps normal il aurait selon toute vraisemblance mouché sa femme par une remarque sèche.

« Allez, je vous prie, chercher les enfants, votre sœur et votre mère, le photographe ne va pas tarder, reprit-il.

– Le photographe… ? murmura sa femme sans comprendre

– Allez, allez, vite… »

Elle s'en alla, se retournant sans cesse, trébuchant sur la première marche. Framottet n'avait pas lâché son volant.

Il fallut calmer les deux aînés des enfants qui dansèrent autour de l'automobile en poussant des hurlements de jeunes Sioux. Le petit, dans son landau poussé par Gertrude, la sœur de Madame Framottet, battait des mains et bavait sur sa chemise. La belle-mère de l'industriel considéra l'objet avec terreur, refusa d'y monter, finit par se laisser tout de même convaincre mais garda une moue de dégoût que sa voilette rabattue parvenait à peine à dissimuler. Il lui avait toujours semblé que son gendre était un crétin, un crétin immensément riche certes, mais un crétin tout de même, et lorsqu'elle vit dans quel accoutrement il s'était mis, ses doutes se transformèrent sur-le-champ en une certitude inaliénable.

Le photographe arriva à l'heure. Il considéra l'engin en sifflant d'admiration. C'était pour lui aussi la première automobile qu'il voyait. C'était la première du bourg, la première du canton, la première de la région. Il plaça son trépied de telle sorte qu'il avait dans son objectif l'automobile de trois quarts. Tout avait été préparé minutieusement par Hyppolite Framottet sur un croquis qu'il avait fourni l'avant-veille au photographe. L'industriel détestait les surprises ainsi que le hasard.

Madame Framottet avait pris place à l'arrière avec les deux garçons, Edmond et Baptiste, qui avec leurs ongles commençaient à graver leurs initiales dans le cuir gras des sièges. La belle-mère avait eu l'honneur de s'asseoir au côté du conducteur. Quant à la belle-sœur, un peu en retrait de l'automobile, elle tenait la poussette, et souriait à l'objectif. Il y eut un crépitement de magnésium que Framottet distingua comme un éclair au travers de la buée qui, grâce à ses lunettes étanches, lui servait d'univers. Puis les enfants crièrent hourra, tambourinèrent sur la banquette et réclamèrent de faire un tour. Le photographe s'en alla avec son matériel. Framottet ne voulait pour témoin de son grand bonheur que sa famille.

À 9 h 10 du matin, il enclencha le contact. L'automobile toussa. Un nuage de fumée d'une puanteur stupéfiante sortit du moteur. Des vapeurs d'eau, d'huile et de pétrole montèrent dans l'air estival. Puis l'engin fut secoué comme un panier à salade par les trépidations du moteur. Les deux garçons chahutaient, tapaient du poing sur le dossier du conducteur. La belle-mère serrait les dents. L'épouse enfin conquise par la modernité arborait désormais le même sourire de bienheureux que son mari. Alors, Framottet, le cœur au bord de l'extase, desserra le frein et l'automobile bondit d'un coup, emportée par une vitesse frôlant les vingt-cinq kilomètres à l'heure. Le vent fouetta le visage de l'industriel et le rafraîchit. Les enfants chantaient et regardaient derrière eux le château s'éloigner. L'épouse s'était un peu raidie de peur. La belle-mère fermait les yeux. Framottet conduisait.

Grâce à ses lunettes, le plein jour d'été lui apparaissait comme une morne matinée de novembre, empêtrée d'un brouillard tenace. Il ne distinguait pas à deux mètres devant lui. Mais son bonheur, malgré cette quasi-cécité, atteignait à cet instant de tels sommets que rien n'aurait pu l'altérer. Aussi, grisé par cette culmination des sens, il répondit très légèrement à son épouse lorsqu'elle lui fit remarquer qu'il venait de quitter l'allée.

« Taisez-vous, lui dit-il, nous sommes si bien… » Et tout cela d'une voix douce, totalement inhabituelle, une voix de bambin, de bambin heureux dans son brouillard.

Trois secondes plus tard, à l'instant où Hyppolite Framottet songeait que la vie était une bien belle chose et la technique, l'avenir de l'homme, l'automobile percuta de plein fouet le fût d'un orme trois fois centenaire. Framottet fut projeté vers le tronc et son visage s'écrasa contre l'écorce. Ses lunettes se brisèrent et les éclats de verre dessinèrent sur sa peau de sauvages géométries. Il se releva, sonné, abruti, petit homme tout nu chassé de son paradis. Sa belle-mère gesticulait dans l'herbe et geignait faiblement, se tenant le bras gauche, brisé net au niveau du cubitus. Sa femme suspendue à une branche

20

basse ressemblait un gros linge qu'on aurait mis à sécher. Les deux garçons avaient roulé sans dommages dans l'herbe. Ils riaient comme des fous. Au loin, la belle-sœur accourait en poussant le landau. L'arbre n'avait rien. L'automobile neuve, quant à elle, ne faisait plus aucun bruit. Son devant avait épousé la forme du tronc, se lovant autour comme pour le protéger. Elle fumait légèrement. Il faisait toujours très beau. Un merle dans les frondaisons se mit à siffler un air joyeux.

Quelques jours plus tard, Hyppolite Framottet fit enterrer l'épave dans le fond du parc. Il jeta également dans la fosse la casquette, les montures des lunettes, les bottes, le pantalon, la veste et l'écharpe en peau de loutre. Il acheta à prix d'or le silence du photographe. Sa belle-mère jusqu'à sa mort ne lui adressa plus jamais la parole. Sa femme lui battit froid durant des mois. Ses deux garçons reçurent bien des gifles dès lors qu'ils évoquaient ce radieux matin d'anniversaire.

Des années après l'incident, il y eut dans le monde du jouet une forte demande de modèles en bois représentant des automobiles, des camions, des voitures de pompiers. À la stupéfaction de tous, Hyppolite Framottet, pourtant d'ordinaire audacieux, entreprenant et visionnaire, ne voulut jamais que son usine se mît à fabriquer de semblables articles. D'ailleurs, lui-même ne se déplaçait qu'en tilbury tiré par deux canassons eczémateux alors que tous ses confrères roulaient depuis longtemps sur pneumatiques. Faute de s'engouffrer vers ce nouveau marché, l'usine Framottet périclita rapidement, dépassée qu'elle fut par la concurrence. Certains tentèrent bien de convaincre l'industriel de se plier aux nouveaux goûts du public, mais jamais il ne céda.

Hyppolite Framottet mourut en 1940, totalement ruiné. On le découvrit sur un banc de son parc qui ressemblait, faute d'entretien, à une véritable jungle.

Dans la poche intérieure de son veston, on trouva une photographie, jaunie et usée, qu'il s'était plu à regarder souvent, depuis des années, presque chaque soir, comme on regarde dans sa mémoire un beau rêve en allé et qu'on ne saisira plus jamais. L'image à force de manipulations s'était presque totalement effacée. On distinguait à peine les formes, les visages, les êtres présents, ce sur quoi il était assis. Seule la légende – « *Première automobile du bourg, juin 1906* » – était bien lisible.

C'était comme de mettre quelques mots sur un grand carré de blancheur, un vide parcouru par les traits indécis de fantômes perdus.

Ce n'était plus rien qu'une légende.

Mains et merveilles

Firmin Vouge partit à la guerre le 28 août 1914.

C'était un jour de grand soleil et de forte chaleur. L'air sentait la terre craquelée, la feuille déjà sèche, le foin couché depuis longtemps dans les greniers. Il était un des derniers à quitter le village, les autres mobilisables ayant rejoint le front dès le début du conflit. Trois semaines plus tôt, ils avaient quitté leurs maisons, leurs familles, leurs fiancées ou leurs femmes dans des airs de chansons, des sourires, des vapeurs de vin, de belles certitudes, campant chacun sur des postures bravaches. Certes il y avait eu des pleurs, un peu, mais tant de promesses assurées de retours, de baisers et de musiques, que la guerre ne pouvait apparaître alors qu'à la manière d'un jeu cocasse, d'une parenthèse brève qui ne laisserait dans les mémoires que des souvenirs héroïques et de belles camaraderies.

Au moment des adieux, lorsque Alfred Badier, un rougeaud de vingt-cinq ans, avait marché comme un pitre, jambes écartées, en imitant le Boche et son accent, tout le monde avait ri, même les épouses et les mères aux yeux rougis et dont les mains ne cessaient de vouloir retenir ceux qu'elles aimaient. Puis le maire avait fait un petit discours, sans flonflon ni dorure, qu'il avait lu sur un papier chiffonné sorti de sa poche de blouse. Ça parlait de courage, de Patrie, d'honneur et de fierté. Chacun avait écouté les mots en silence. Après la dernière parole, le maire avait rangé son papier, puis il avait serré les mains de chacun, tout en y glissant une pièce *pour le tabac*.

Il y avait eu alors un épais silence, comme si soudain tout le monde prenait conscience de la réalité des choses. Des hirondelles griffaient le ciel. Quelques chiens gueulaient dans les lointains. Les petits enfants aux cheveux tondus n'osaient pas trop bouger. Ils regardaient leurs pères ou leurs frères en mordillant leur pouce. Alors les gars étaient montés dans une grande charrette, tous ensemble, comme une fournée d'échafaud, et la carriole s'était éloignée dans des grincements d'essieux et des souffles de bêtes. Plus un mot, plus rien. Simplement des regards et des gestes timides, de brefs au revoir du bout des doigts, des mains levées comme pour caresser l'air. Ce fut seulement lorsque l'équipage tourna l'angle de l'église et disparut à la vue qu'on entendit, comme sorties désormais de nulle part, des voix entonner, tout d'abord faiblement, puis ensuite comme un claquement de fouet « *Guillaume, Guillaume, tu s'ras foutu, ton casque à pointe on va t'le mettre dans l'cul !* ».

Sur la place, personne n'avait bougé ni parlé. Le maire était toujours là. La chanson s'éloignait. Il faisait bon. Un couple de pies perché sur le faîte d'un toit jacassait et se cognait le bec. On n'entendit bientôt plus qu'elles et plus du tout la chanson. Alors, seulement, les uns et les autres se décidèrent d'un pas traînard à quitter la place du village, en évitant les regards et les mots, en tirant les enfants par le bras, comme si toutes et tous venaient d'assister à un événement dont il valait mieux ne pas parler. On s'enferma dans les maisons. Les rues ressemblèrent à un corps ouvert et vidé de son sang. Cela dura jusqu'au jour suivant.

⁎

Pendant trois semaines, Firmin Vouge mit en ordre les affaires de la tournerie dont il avait la responsabilité. Il n'était pas le patron. Catelier appartenait à la commune. Mais c'était à lui qu'on avait confié le soin de diriger le travail, de répartir les tours en locations, les tâches, les commandes des négociants. C'était lui aussi qui montrait aux plus jeunes comment apprivoiser la machine, affûter ses gouges, choisir son bois, le mordre sans le briser, l'amener à sa forme. Firmin n'était pourtant pas le plus âgé de tous les tourneurs du village mais il était sans conteste celui qui avait la plus grande habileté, le plus grand savoir, comme si en lui se concentrait l'expérience de toutes les générations qui l'avaient précédé, ces hommes et ces femmes qui depuis des siècles, en des gestes précis et d'apparence aisés, parvenaient à faire naître du bois sauvage des formes douces, utiles ou amusantes. Ce qui distinguait Firmin de ses compagnons de travail, c'était aussi qu'il ne se contentait pas de reproduire des objets séculaires. Il voulait sans cesse les perfectionner, les modifier, en créer d'autres. Sur un petit calepin qui ne le quittait jamais, il crayonnait des modèles qui paraissaient germer dans son esprit comme s'ils venaient en songe : des quilles, des moines, des toupies, des figurines, des jeux d'emboîtage, des mécanismes de bois.

À trente ans, Firmin n'était pas marié. Il n'avait pas d'enfant, mais c'était comme si l'enfant qu'il avait été vivait encore en lui, bien caché sous une grande carcasse, une taille haute, une moustache drue. Plus d'une fille du village et des alentours lui aurait volontiers passé l'anneau au doigt, mais dans les fêtes et les bals, Firmin se sentait toujours un peu gauche, baissant les yeux ou rougissant au moindre regard appuyé. Il n'y avait qu'à la tournerie qu'il retrouvait toute son assurance, et puis aussi, dans son petit calepin, lorsqu'il lançait sur le papier, à pleines poignées, ses idées, qu'il leur donnait des formes incongrues qui l'étonnaient d'abord lui-même, puis le ravissaient, des couleurs nouvelles, des harmonies jamais créées et qu'il tentait d'obtenir ensuite des rubanneuses à qui il apportait les produits de la tournerie une fois par semaine.

**

La veille de son départ, en fin d'après-midi, Firmin alla une dernière fois à l'atelier. C'était une bâtisse d'une quinzaine de mètres de long, tout en bois. Adossée au ruisseau d'où elle avait tiré sa force pendant des années, elle semblait dorénavant le narguer, laissant encore tremper sa roue à aube dans le courant clair, comme pour témoigner d'un temps archaïque et révolu. Depuis longtemps déjà, l'électricité fournie par le barrage qui avait été construit en amont du village avait remplacé la force de l'eau : vingt tours étaient ainsi alimentés, qui pouvaient travailler sans jamais faiblir, quelle que soit la saison, quelles que soient les pluies, les neiges, la sécheresse ou bien le gel.

Les machines étaient au repos. Les grands tabliers bleus des tourneurs pendaient à leurs patères au-dessus desquelles, sur un petit tasseau de bois, chacun avait gravé son prénom. Il revit leurs visages. Il revit la charrette qui les avait emportés quelques semaines plus tôt. La lumière qui entrait par les vitres des trois hautes fenêtres faisait vibrer la blondeur des poussières et des sciures qui festonnaient les murs, le plafond, les courroies, les armoires ouvertes sur lesquelles les gouges, alignées par taille et par fonction, semblaient attendre une main pour les prendre.

Firmin resta un long moment, debout, adossé contre la porte. Il regarda un à un tous les tours. Il les connaissait comme s'il s'était agi de vieux compagnons. Il savait leurs qualités, et leurs défauts, leurs petites manies, les astuces pour leur faire donner le meilleur. Chacun était différent. Et chacun en cette heure étrange paraissait assoupi, étonné d'être là, ainsi, immobile, au milieu de ce plein jour. Aucun bruit. Seul le murmure du ruisseau, de l'autre côté de la paroi de bois. Le murmure du ruisseau, comme une musique de revanche face à l'inertie de l'atelier et de ses machines. Firmin ferma les yeux, il respira à pleins poumons le parfum de bois qui imprégnait tout l'endroit, ainsi que l'odeur, plus ténue, davantage souterraine et comme enveloppante, de la graisse, celle, un peu acide, de la pierre de la meule à aiguiser, celle plus lointaine encore des relents de tabac gris, et qui était, cette odeur, comme l'ombre des hommes en allés.

Puis il vint devant sa machine. La plus imposante. Le gros tour. Le monarque de la place. Firmin le regarda, longtemps. Comme pour lui dire, mais lui dire quoi ? Il se trouva un peu bête. Il passa sa main sur le ruban, fit voler un peu de poussière qui dansa dans les rayons de jour puis se redéposa, gracieuse, comme une infime tombée de neige rousse. Il sortit rapidement, sans se retourner, la gorge sèche et le cœur qui cognait trop. Il ferma à double tour, s'éloigna rapidement, puis se rendit chez le maire qui n'était pas là. Firmin en fut comme soulagé. Il n'aurait pas aimé parler. Il laissa la clef de l'atelier à Bonnette, sa servante. Celle-ci, toute rose, balbutia quelques mots, puis lui donna deux baisers. Elle s'était jetée à son cou, sans prévenir et, toute confuse désormais, une larme glissant au coin de ses yeux, n'osait plus le regarder. Lui ne sut pas quoi dire. Bonnette était jolie. Il sentit dans sa poitrine un curieux tiraillement. Le chat vint se frotter à ses jambes. On entendait le tic-tac d'une grosse horloge qui paraissait découper le temps. Firmin s'en alla.

***

La guerre dura ce que l'on sait. C'est-à-dire d'innombrables mois, c'est-à-dire plus d'un millier de jours et de nuits. Firmin Vouge y tint sa place comme des millions d'hommes des deux camps. Il souffrit, il eut froid, faim, soif. Il eut peur. Il pleura. Il supplia. Il insulta le nom de Dieu. Il espéra. Il pria. Il vit mourir autour de lui des centaines de ses semblables, et chaque fois que l'un d'entre eux mourait, c'était un peu comme si une partie de lui-même mourait, ou s'éteignait à jamais, sans possibilité aucune que cette lumière ne puisse un jour se rallumer et réchauffer son corps. Il connut les marches forcées sous le feu des obus, l'immuable attente dans les tranchées qui l'été ressemblaient à des fours, et l'hiver, à des rivières de boue, profondes, dans lesquelles les corps s'épuisaient en s'engluant.

Chaque mois, Firmin recevait une lettre de son père, et chaque mois, Firmin lui écrivait. C'était sa seule famille. Son père était un vieillard. Il avait attendu d'avoir quarante ans pour prendre une femme qui, l'année suivante, avait donné naissance à Firmin, avant de mourir deux jours plus tard des suites de l'accouchement. Ne subsistait de cette mère lointaine qu'une photographie imprécise et comme effacée, que le vieux Vouge gardait dans le tiroir d'une haute armoire en noyer, et qu'il sortait à quelques grandes occasions pour la montrer à son fils. L'enfant avait donc grandi entre cette image d'un jeune fantôme et la douceur quasiment muette d'un père qui n'avait jamais trop aimé les mots.

Très vite, le père apprit au fils les gestes du métier de tourneur, et tout l'amour qu'il portait pour son enfant et qu'il ne sut jamais lui dire, il le fit passer dans ce don de savoirs qu'il tenait lui-même de son propre père. Pour les six ans de Firmin, il lui fabriqua un petit tour à archet, pareil à ceux qui pendant des siècles avaient servi aux paysans de la région à façonner de menues pièces. Les soirs, le petit garçon ne cessait de faire aller l'archet, et il fallait au père forcer la voix et l'effrayer un peu pour qu'il aille enfin rejoindre le lit.

Ainsi avait grandi, entre le père et le fils, une complicité et un amour qui, sans jamais se dire à haute voix, ni même s'exprimer par une tendresse visible, n'en étaient pas moins véritables et profonds.

**

Au front, quand Firmin lisait les lettres de son père, c'était comme si s'ouvrait une lourde porte derrière laquelle apparaissaient soudain, et avec une brutalité presque suffocante, le village, les forêts qui l'encerclaient, les pâtures où les vaches grasses et lentes broutaient l'herbe surpiquée de fleurs, les maisons serrées les unes aux autres, le ruisseau, la tournerie…

Le paysage qu'il avait devant lui, paysage de terres et de gravats remués, paysage informe, aux arbres réduits à de simples troncs pareils à des échardes immenses plantées dans un grand corps malade, paysage de creux remplis d'eaux mortes, de buttes hérissées de mâchefer, de saignées longues et tortueuses, de cadavres impossibles à ramener vers l'arrière, ce paysage-là n'existait pas le temps de la lecture de la lettre. Il n'y avait plus que le village, la vie d'avant, la lumière des saisons, leur rythme propre, leur belle respiration.

Le vieux Vouge écrivait avec des mots simples, sans faire d'effets. Et c'est peut-être cette simplicité qui allait droit au cœur de Firmin et lui donnait tout à la fois la nostalgie de son pays et l'espoir de le revoir au plus vite. À quatre occasions, il aurait pu revenir au village, le temps d'une permission un peu plus longue que les autres, mais il eut peur. Peur de ne plus pouvoir repartir, peur de rester tapi dans la maison, près de l'atelier, comme on aimerait, lorsqu'on est tout petit, revenir parfois dans le ventre de sa mère. Il l'expliqua à son père. Le vieux ne s'en offusqua pas. Lui aussi avait connu la guerre, jadis. Et même si celle qu'il avait faite était bien différente de celle-ci, il pouvait comprendre.

Souvent dans ses lettres, Firmin demandait des nouvelles de la tournerie, comme on peut demander des nouvelles d'un vivant, de chair et d'os. La guerre durant plus longtemps que prévu, il avait fallu la rouvrir. Des anciens avaient repris du service, et des très jeunes avaient été embauchés, en attendant le retour des hommes. Quelques femmes même s'y étaient mises, et ma foi, confessait le vieux Vouge, elles ne s'en sortaient pas trop mal. Que des femmes manient le tour n'offusquait pas Firmin. Après tout, elles n'étaient pas plus malhabiles de leurs doigts que certains hommes, et puis c'était la guerre. Ce qui le chagrinait par contre, sans que jamais il osât l'avouer à son père, ni se l'avouer à lui-même clairement, c'était que l'atelier vive, travaille, bruisse, respire, œuvre sans lui. C'était que les rubans filent, les roues tournent, les gouges s'affûtent, la poussière vole, le bois se forme, sans qu'il soit là. Sans qu'il soit là pour voir, pour sentir, pour toucher, pour entendre. Il ne pouvait passer une journée sans penser à la tournerie, mais lorsqu'il y pensait, il faisait tout pour chasser toutes les images, toutes les sensations d'un revers de main, comme on chasse une mauvaise pensée ou un insecte qui s'apprête à vous piquer douloureusement. Jamais son père ne lui dit si quelqu'un travaillait sur son gros tour. Et jamais Firmin n'osa le demander.

⁂

Firmin ne rencontra à la guerre aucun gars du village. On aurait cru que le sort s'était plu à les séparer. À peine croisa-t-il, le temps d'une marche vers un autre front, un garçon de Moirans, qu'il connaissait un peu pour l'avoir vu dans des foires. Lors d'une pause, harassés, ils fumèrent ensemble un peu de tabac, évoquèrent le pays, passèrent en revue deux ou trois figures communes, puis se séparèrent. Ils ne se revirent jamais. Firmin, quelques mois après l'armistice, apprit que le gars était mort deux jours après ce matin où ils avaient échangé quelques nouvelles, une rasade de vin, des propos sans profondeur, tout en étant heureux l'un et l'autre de savoir qu'il parlait à quelqu'un du pays, qui connaissait la couleur si particulière des montagnes, les marbrures du couchant en automne, le goût de l'eau des ruisseaux, l'odeur des prairies et celle du lait, le parler des gens, leurs manières, mille et un petits riens qui font qu'on est d'un lieu et pas d'un autre.

*
**

Le vieux Vouge dans ses lettres tenait la chronique des morts. Il avait pensé, un temps durant, les cacher à son fils. Et puis, à quoi bon… Il les aurait apprises un jour ou l'autre, de toute façon. Mort Lucien Saveira, juillet 1915, aux Éparges ; mort Siméon Monsiel, décembre 1916, à Verdun.

Mort le gros Alfred Badier qui imitait si bien les Boches, janvier 1917, dans la Somme. Mort Félix Lansoy, mai 1918, à Verdun.

Sur ces quatre morts du village, trois travaillaient à la tournerie. Trois hommes que Firmin connaissait depuis toujours. Trois places désormais vides dans l'atelier. Il se prit à penser à chacune de ces annonces, que c'était lui qui mourait un peu, chaque jour, chaque heure. Il se dit aussi que si la guerre s'éternisait encore, il ne resterait plus grand-chose de lui, de ses désirs et de ses espoirs, de son envie de vivre aussi.

Quelquefois, dans des rêves, Bonnette lui apparaissait. C'était toujours la même scène qui se rejouait : celle où la veille de son départ, il était allé rendre les clefs de l'atelier chez le maire, et où la jeune fille l'avait embrassé, sans même qu'il s'y attende. Il revoyait tout avec une extrême précision. Il entendait le bruit feutré des baisers, le miaulement du chat entre ses jambes, le son de l'horloge, effroyable et paisible comme un couperet immatériel. Firmin se promit, une fois la guerre finie, de mettre son costume, d'aller voir les parents de Bonnette, et puis le maire, afin de demander la main de la jeune fille.

**

Pour autant, ce qui permit à Firmin Vouge de tenir pendant toutes ces années, ce n'était pas tant les lettres de son père, ni même les rêves doux où Bonnette l'embrassait. Ce n'était pas non plus les images de la tournerie, ni ses bruits, ni toutes ses odeurs, ni le souvenir de la beauté de certains outils qu'il avait lui-même façonnés et dont il était le seul à se servir. Ce fut son petit calepin. Son petit carnet à rabat noir et élastiques qui ne quittait jamais son maillot, bien protégé sous l'épaisseur du tissu et de la capote, ce carnet qui était pour lui tout à la fois un journal des plus intimes et le lieu de tant de songes consignés.

Il ne se passait guère de journées sans que Firmin y esquissât quelques projets, notant les formes, les cotes, les couleurs, améliorant inlassablement ses croquis. Ses compagnons d'infortune le regardaient faire, sans rien dire, posant de temps à autre une question, mais sans plus, tant la guerre fait accepter l'étrangeté de l'autre, sa part secrète, sa monstruosité, son jardin clos. Alors que beaucoup de soldats écrivaient leurs souffrances et leurs pensées profondes, Firmin dessinait des jouets. Son éphéméride de la boucherie universelle se composait de toupies, de moines, de totons, de pantins articulés, de poupées à emboîtage, de chevaux chantournés, de soldats de bois à la face rieuse. C'était sa façon à lui de survivre. C'était sa manière d'accepter l'inacceptable, d'opposer à l'univers de la mort et du sang, celui des vernis et des sourires immuables.

Le 5 juin 1918 au matin, sur un ordre de leur lieutenant, Firmin Vouge et deux autres soldats furent envoyés sectionner les barbelés que l'ennemi avait déroulés l'avant-veille pour protéger ses lignes. Une brume épaisse masqua l'avancée des trois hommes et ils purent atteindre sans difficulté la barrière de métal qu'ils se mirent à entamer méthodiquement avec leurs pinces coupantes. Ils travaillèrent ainsi pendant plus d'une demi-heure quand soudain la brise se leva. Il fallut à peine plus de quelques secondes à ce vent léger et doux pour emporter, comme on enlève une nappe de la table immense d'un mariage en plein air, le brouillard qui enrobait les trois soldats. Trop affairés à leur tâche, ceux-ci ne s'aperçurent d'ailleurs pas qu'ils étaient désormais totalement à découvert et vulnérables.

Lorsque la première mitrailleuse crépita, Firmin tentait de sectionner le haut du rouleau de barbelé. Il eut juste le temps de voir sur sa gauche les corps de ses deux camarades tressauter sous l'impact des balles et dodeliner comme des poupées de chiffon qu'une main folle aurait secouées sans cesse. Firmin se jeta à terre et voulut s'aplatir du mieux qu'il pouvait derrière un faible monticule de terre mais les manches de sa vareuse s'accrochèrent aux dents des barbelés. Tirant de tout son poids et de toutes ses forces, il tenta de se dégager, mais le tissu résista et c'est ainsi, la tête et le corps à l'abri mais les bras tendus vers le ciel, que le tir de la seconde mitrailleuse le balaya.

Cela dura quelques siècles, deux ou trois éternités peut-être. Firmin sentit les premières balles pénétrer dans les chairs de ses bras, les labourer, les fendre, les déchirer, faire jaillir les os en éclisses. La douleur ne fut pas immédiatement perceptible sans doute parce qu'elle était trop intense. Puis Firmin hurla. Il hurla longtemps, aussi longtemps que le bruit des mitrailleuses claqua dans l'air printanier. Le tir cessa. Firmin se tut. Ses bras lui cuisaient. Un incendie sans flammes les emportait dans ses tourbillons. De la lave. Une rivière de plomb fondu. Une sorte de soleil liquide.

Tout se calma. Son père vint s'agenouiller près de lui. Bonnette lui caressa le front. Sa mère, aussi jeune et irréelle que sur la photographie, lui tendit un gobelet plein d'une eau très fraîche. Firmin sourit, songea à son village, à l'atelier, aux fagots de buis qu'il lui restait à cueillir. Il voulut alors fredonner une chanson d'enfance où il était question de bois et de lauriers à couper. Un grand vide se fit dans sa tête. Il ne se souvint plus des paroles. Il sombra dans un puits noir et froid.

**

Tout le jour, Firmin Vouge délira, à portée de voix de son propre camp impuissant à le secourir. Il fallut attendre le crépuscule du soir pour qu'enfin deux hommes, sortis de la tranchée avec un brancard, puissent aller près de lui et l'emporter. On voulut le faire boire mais il était incapable d'ouvrir la bouche ou même d'entendre ce qu'on lui disait. Il fut rapidement évacué vers l'arrière des lignes et transporté à l'hôpital de campagne le plus proche.

**

À son réveil, Firmin ne perçut tout d'abord qu'une sensation de blancheur apaisante et une forte odeur d'éther. Puis ensuite des voix de femmes, presque imperceptibles, des pas, feutrés, qui semblaient à peine toucher le sol. On n'entendait aucun canon, aucun coup de feu. L'air n'empestait ni les gaz ni la charogne, ni la poudre. Il y eut peu après un visage d'une grande douceur, quel âge pouvait-elle avoir, elle semblait si jeune sous son voile, et le visage prononça son prénom, *Firmin*, à plusieurs reprises. L'infirmière lui murmura qu'elle allait revenir.

Firmin lui sourit. Elle s'en alla. Il prit alors conscience du contact des draps propres et frais contre son corps. Voilà si longtemps qu'il n'avait pas connu cela. C'était si bon. Il voulut s'enfoncer plus encore dans ce parfum et dans cette sensation de fraîcheur en remontant vers son visage la bordure du drap, mais il ne parvint pas à le faire, son bras droit lui paraissant soudain bien lourd. Ses efforts pour se servir de son bras gauche furent également vains. Alors, voulant sortir ses deux bras de dessous les draps, il s'aperçut qu'ils n'existaient plus.

Firmin retourna dans sa nuit en hurlant.

**

Pendant de longues semaines, Firmin Vouge souhaita mourir. Le chirurgien qui l'avait opéré eut beau lui expliquer qu'il n'avait pas pu faire autrement que de l'amputer à quelques centimètres sous les deux épaules, cela ne le consolait en rien de son état. Firmin chaque nuit rêvait de ses mains. Il les voyait telles qu'elles avaient été, telles qu'il s'en était toujours servi. Il les voyait s'affairer sur le tour, saisir les outils, régler la machine, ralentir la meule. Il les voyait choisir en forêt les meilleurs bois, manier la scie, fagoter. Il les voyait couper le pain, nouer le grand tablier bleu, repousser la casquette vers l'arrière du

40

front, rouler du tabac dans une feuille à cigarette. Il les voyait partout.

La jeune infirmière venait chaque jour lui changer ses pansements et le nourrir. Elle lui coupait la nourriture, la lui présentait comme on fait à un nourrisson. Au début, Firmin refusait. Des larmes qu'il ne pouvait retenir coulaient le long de ses joues. Il avait honte. Il enviait ses camarades tombés à côté de lui, morts, mais morts avec leurs deux bras et leurs deux mains, alors que lui désormais n'était plus rien qu'un homme au rabais, un être incapable de se débrouiller seul et qui crèverait de faim au bout de trois jours s'il était laissé à lui-même.

*

Firmin Vouge revint au village en avril 1919. Lorsque l'armistice avait été signé, il était dans un château de Haute-Marne transformé en maison de convalescence. À l'annonce de l'événement, tous les pensionnaires pleurèrent de joie, le personnel médical également. On s'embrassa beaucoup. Firmin, resté dans le parc, accueillit la nouvelle avec une totale indifférence. Il avait la tempe appuyée contre le tronc d'un grand hêtre. Ne pouvant plus caresser son écorce, c'était comme s'il tentait de surprendre les battements du cœur de l'arbre. Le soir, il y eut un spectacle. Des chants, des danses, des numéros comiques.

Et puis Monsieur le marquis de Lambermont, le vieux châtelain, dit à ses domestiques d'offrir le champagne à tous. On trinqua. Une infirmière porta une coupe aux lèvres de Firmin. Il trouva à la boisson un goût bien amer. Il eut envie de vomir.

Firmin aurait aimé ne jamais rentrer. Mais peu à peu le Château se vida. Les uns et les autres repartirent vers leur famille. On le poussa gentiment à la porte. Un infirmier l'accompagna en train jusqu'à Champagnole. Puis une voiture du service sanitaire des armées l'emmena jusqu'au village.

⁎

Le maire avait été prévenu de son retour. Sur la place, celle-là même où près de cinq années plus tôt, il avait vu partir tous les gars, l'attendait l'ensemble des habitants. Les enfants tenaient des bouquets. Le maire avait déjà dans la main son papier pour le discours. À ses côtés le vieux Vouge, les deux mains posées sur sa canne, se tenait bien droit. Entre deux poteaux, une banderole flottait au vent. Dessus, en grosses lettres rouges et bleues était écrit : « *Bienvenue Firmin ! Gloire à notre héros !* » Lorsque la voiture s'arrêta, sur un signe du maire, Marcel Crochetat, le garde-champêtre, fit sonner son tambour, tandis qu'Adrien Boussort, un charbonnier qui maniait la trompette, entonnait un air faussé.

Il y avait, un peu en retrait, des tréteaux sur lesquels on avait posé un tonneau de vin, des verres et des brioches. Firmin sortit de la voiture. La tête lui tournait. La musique lui cognait aux tempes. Il aperçut ceux de la tournerie, bien en rang, casquette sur le crâne, long tablier bleu sanglé autour de la taille, et qui lui souriaient. Il ne put avancer. Il resta immobile, comme frappé d'une paralysie subite. Une petite fille de trois ou quatre ans vint vers lui et lui offrit des fleurs, des marguerites et des iris d'eau, des fleurs qu'il ne pouvait même pas saisir. La fillette resta ainsi, le bras tendu. Firmin la regarda comme si elle était un monstre. « *Tu l'aimes pas mon bouquet*, lui demanda la fillette, *tu le veux pas ?* » Firmin ne répondit rien. Une mère sortit vite du rang et reprit l'enfant. Le maire défroissa son papier, se racla la gorge. Firmin regarda son père. Il vit que les lèvres du vieux Vouge tremblaient un peu et que ses yeux effarés cherchaient les bras perdus de son fils.

Firmin s'enfuit vers la maison.

***

Pendant trois semaines, il ne sortit pas de chez lui. Il passait toutes ses journées dans sa chambre, seul, et n'allait dans la cuisine que pour les repas. Son père, tout en lui donnant à manger, lui racontait les nouvelles : « *La vache des Bertiaux a mis bas, les hommes ont fini de faucher la prairie du dessus, le fils Jeanbas a tué un renard…* » Le vieux Vouge coupait la viande, la piquait avec la fourchette, l'amenait aux lèvres de son fils. De même qu'une fois par semaine, il lui lavait tout le corps après avoir fait chauffer de l'eau sur le poêle. De même que chaque matin il habillait Firmin, nouait les lacets de ses godillots, et que chaque soir, il le déshabillait, l'aidait à s'installer dans le lit. Le vieux faisait cela avec le plus grand des naturels, et beaucoup de douceur, comme on le fait pour son enfant lorsqu'il est petit, et Firmin, gêné au début, finit par accepter les gestes du père, par lui en rendre grâce sans jamais oser le lui dire à haute voix. Tout cela les rapprocha plus encore l'un de l'autre.

Jamais le vieux Vouge ne posa de questions à Firmin sur les circonstances dans lesquelles il avait perdu ses bras. Qu'est-ce que cela changeait de demander, de savoir ? Rien ne sert de fouailler les plaies vives. Firmin lui en sut gré. Parfois, il revoyait la scène, comme s'il l'avait découverte sur le rideau blanc d'une projection de cinématographe, de celles qu'à deux reprises il avait vues lors d'une permission à Bar-le-Duc : tout semblait à la fois proche et fantasmagorique. Il se découvrait faisant des efforts surhumains pour tenter de décrocher les manches de sa capote des pointes de barbelés. Il apercevait les corps de ses deux compagnons secoués par les balles, tout près de lui. Puis les projectiles l'atteignaient, lui hachaient les avant-bras, les réduisant en une bouillie rose et rouge tandis que les mains, elles, restaient intactes.

✻

La douleur de la perte de ses membres s'augmentait de la douleur d'une autre perte : celle du petit carnet. C'était la première chose qu'il avait demandée à l'hôpital. L'infirmière avait cru dans un premier temps qu'il délirait, puis elle lui avait dit qu'elle ne savait pas où était ce carnet, que ses vêtements étaient tellement ensanglantés que tout avait dû être jeté, sans qu'on y prête attention. C'était la guerre.

Firmin essayait en fermant les yeux de relire son calepin perdu. Il tournait les pages, revoyait ses croquis, relisait les notes qu'il avait écrites. Mais il y avait trop de vides, trop d'espaces effacés, trop de pages manquantes. À chaque fois, cela le rendait encore davantage mélancolique. C'était un peu, comme si en plus de lui voler ses bras et ses mains, la guerre lui avait volé son âme.

✻

Un matin de mai que le vieux Vouge était descendu à Moirans, on frappa à la porte. Firmin ne bougea pas. On insista. Les coups étaient vifs, presque joyeux.

« On sait que tu es là, Firmin ! Sois pas bête ! »

C'était la voix de Bastien Francœur, un homme de l'atelier.

« Allez Firmin, viens donc ! »

Cette fois, Firmin reconnut celle d'Arthur Mazet, un autre tourneur qui avait son âge.

« Bon tu l'auras voulu, on entre ! » reprit Francœur.

La porte s'ouvrit. Les gars entrèrent et virent Firmin assis devant la table et qui leur tournait le dos.

« Viens avec nous, dit Mazet, c'est pas une vie, tu peux pas rester là tout le temps ! »

Sans attendre de réponse, ils empoignèrent Firmin par la taille, le forcèrent à se lever puis à les suivre. Il se laissa faire.

Dehors, le temps était couvert. Il y avait dans l'air une vapeur d'eau tiède qui rendait encore plus luisantes les jeunes feuilles des arbres. Firmin savait bien où ses deux anciens collègues l'emmenaient. Eux ne disaient rien. Ils le regardaient par moments, lui souriaient. C'était tout. Firmin avait la gorge nouée. Il avait tout à la fois craint cet instant comme il l'avait espéré. Ils le guidèrent. On approcha de l'atelier. Il entendit la musique du ruisseau, celle des rubans filant dans la gorge des roues, celle des sifflements du bois mordu par les lames. Il sentit son cœur s'emballer.

Quand le petit groupe entra dans la bâtisse, les machines s'arrêtèrent. Tous les ouvriers en même temps interrompirent leur tâche. Tous regardèrent Firmin, et tous lui dirent bonjour avec un grand sourire. Il y avait des visages qu'il connaissait bien, d'autres plus neufs, qui avaient remplacé les morts. Il y avait aussi, près des deux plus petits tours situés tout au fond de l'atelier, deux jeunes femmes. L'une d'elles était Bonnette. Elle fit un signe de la main à Firmin, et elle rougit.

Francœur et Mazet revêtirent Firmin du tablier bleu. Ils nouèrent dans son dos les sangles et firent un flot. Ils posèrent sur sa tête sa casquette qui était resté pendue au clou où il l'avait laissée cinq ans plus tôt.

« Si tu croyais que tu allais te reposer peinard, mon gaillard, tu te fourrais le doigt dans l'œil, lui dit Francœur. On a besoin de toi ici ! Y a des jeunots qui connaissent rien au métier. T'as peut-être plus tes bras ni tes mains, mais t'as toute ta tête et puis ta langue, tu pourras leur dire comment faire à ces manches ! »

Les gars rigolèrent, se forçant un peu. Francœur regarda Firmin, avec crainte, ne sachant pas trop comment son camarade allait prendre les mots qu'il avait roulés et préparés depuis longtemps dans sa tête. Il y eut un silence, long. Firmin regarda tous les visages heureux qui attendaient sa réponse. Il regarda les machines à l'arrêt. Il regarda les mains des uns et des autres, pleines de la poussière du bois. Il respira l'odeur de l'atelier, à pleins poumons, cette odeur qui lui avait donné tant de forces quand il s'apprêtait à en manquer, jadis.

« Vous allez les laisser longtemps à fainéanter comme ça vos machines ! finit-il par dire, la voix un peu enrouée. Qu'est-ce que vous attendez ? Le déluge ? »

Tout l'atelier fut secoué d'un grand rire, comme une sorte de libération joyeuse. En un instant, on enclencha les moteurs. Chacun se remit à son ouvrage. Bonnette la dernière, qui, comme rêveuse, regardait encore Firmin. Celui-ci s'assit tout près de son gros tour demeuré inerte et silencieux. On aurait dit que la machine s'était engourdie dans un long sommeil, et qu'elle ne voulait pas en sortir. Il la contempla. Cela lui faisait du bien de la voir, de la peine aussi. Il aurait tant aimé s'approcher d'elle, la toucher, vérifier de la paume la tension du ruban, placer un morceau de bois entre les griffes, enclencher le levier.

Il appela Bastien qui allait d'un tour à l'autre.

« Pourquoi il n'y a personne à celui-ci ? demanda-t-il en désignant le grand tour.

– Ben… c'est que c'est le tien, Firmin, répondit l'autre.

– Le mien… Le mien… Tu sais bien que les machines ne sont à personne mais à tout le monde. Pourquoi perdre du travail en laissant un tour à l'arrêt ? Tu as assez de métier pour t'y essayer désormais, vas-y !

– Tu es sûr ? » demanda Bastien encore hésitant.

Firmin acquiesça d'un coup de tête. Francœur s'approcha de la machine mais au moment d'actionner le levier, il se tourna vers Firmin pour lui dire :

« Tu sais, il n'a pas fonctionné depuis 14. On ne l'a jamais remis en route… »

Firmin sentit l'émotion l'envahir, à la façon d'une bourrasque de vent couchant la cime des arbres :

« Ne t'en fais pas, parvint-il à murmurer, elle va repartir toute seule… »

⁂

Les semaines passèrent. Chaque jour désormais, Firmin Vouge descendait à la tournerie. Lorsqu'il arrivait, le travail était en route. On lui lançait des bonjours sans relever la tête de l'ouvrage. L'un ou l'autre venait lui nouer le grand tablier bleu. Il s'asseyait. Bonnette lui adressait un petit signe, toujours le même, comme l'ébauche ou la suspension d'un geste gracieux de la main, une main que bien vite elle arrêtait au vol, comme si elle en avait honte.

On demandait conseil à Firmin pour un affûtage, une forme, une amélioration. Un des gars lui roulait une cigarette qu'il fumait en plissant les yeux. Francœur se débrouillait bien sur le grand tour. Il ne faisait pratiquement plus appel à lui, et ne ratait plus aucune pièce. Les heures filaient au rythme des roues.

Souvent, à la pause de midi, Firmin, plutôt que de rentrer à la maison, préférait partager le casse-croûte des tourneurs. On s'asseyait près du ruisseau où dès le matin on avait plongé les litres de vin. On taillait le pain, le lard, le fromage. On se racontait des blagues, et comme la plupart du temps on était entre hommes, on parlait des filles.

Vers le soir, Firmin rentrait et se retrouvait seul avec le vieux Vouge, comme par le passé. Et comme par le passé les deux hommes échangeaient peu de mots. Le père aidait le fils à manger et à se déshabiller. Puis tous deux allaient se chauffer ensuite devant l'âtre, avant de gagner leur chambre. Sitôt dans le lit, Firmin sombrait dans un sommeil noir, sans rêve aucun.

✳✳

L'été arriva, et avec lui les chaleurs, pesantes, poisseuses, qui plongeaient l'atelier dans un mélange étrange de torpeur et de fièvre. Firmin y venait toujours, mais on le remarquait moins. Il fallait parfois qu'il demande à ce qu'on lui noue le tablier, ou qu'on lui donne à boire. On ne lui disait plus bonjour de la même façon quand il arrivait. Il eut l'impression peu à peu qu'on l'oubliait dans son coin et quelquefois, lorsqu'il faisait une remarque ou tentait de donner un conseil, il surprenait des regards lassés, des souffles pesants.

Seule Bonnette continuait à lui prodiguer une attention constante que pourtant il fuyait. Un soir où les autres étaient partis en le saluant à peine, elle vint vers lui :

« Je t'aime bien, Firmin… » commença-t-elle en baissant les yeux et en rougissant comme à son habitude.

« Pourquoi tu ne me dis jamais rien… ? » poursuivit la jeune femme. Firmin Vouge se souvint des baisers qu'elle lui avait donnés il y avait des années. Il en gardait encore intacte la trace au fond de son cœur.

« Qu'est-ce que je pourrais te dire ? » lui lança-t-il, presque méchamment. Bonnette leva ses yeux sur lui, le regarda longuement, avec une grande douceur :

« Je t'aime comme tu es, Firmin », murmura-t-elle en soutenant son regard. Elle approcha les lèvres des siennes, mais il recula d'un bond.

« Tu perds ton temps, Bonnette, moi je ne t'aime pas. Et je ne t'aimerai jamais. »

Firmin avait parlé avec violence. Il vit dans les yeux de la jeune femme comme une grande question muette et puis aussi de l'eau très claire qui commençait à sourdre. Il s'enfuit, l'esprit confus et tiraillé de remords. Il se dit qu'il était plus bête qu'un cochon et plus mauvais qu'une teigne.

Il se dit aussi qu'il méritait d'être laissé à jamais au bord de la vie.

*
**

À dater de ce jour, Firmin Vouge n'alla plus jamais à la tournerie. Les ouvriers qui dans un premier temps étaient allés le chercher et l'avaient accueilli avec plaisir en furent presque soulagés, même si personne n'osa vraiment le dire. Aucun ne songea à venir le relancer. Son père ne lui posa pas de questions. Bonnette ne vint jamais frapper à sa porte.

Curieusement, Firmin ne conçut de tout cela aucune amertume. Il accepta la situation, se dit qu'au fond elle était attendue, et juste. Sans doute aurait-il agi de même s'il avait été à la place des autres. On lance au loin les branches tordues et brisées, on ne garde que les bois sains. Firmin se remplit simplement d'un lourd chagrin qui donna à tout son corps et à son esprit une pesanteur et un engourdissement que peu de choses parvenaient à alléger.

Les jours suivaient les jours, identiques, et le seul moment que Firmin attendait avec bonheur, c'était le soir, ou plutôt la nuit, quand enfin, couché dans son lit comme dans le courant d'une rivière, et fermant les yeux, il lui semblait se délivrer de sa chair, s'en détacher, pour plonger de façon vertigineuse dans les profondeurs du sommeil, qui était pour lui, à chaque fois, comme une mince et somptueuse délivrance.

**

Lorsqu'il sortait de la maison, c'était toujours à de curieux moments, où il savait qu'il ne rencontrerait personne. Par des chaleurs suffocantes, des pluies drues comme des blés verts, des aubes glacées. Il marchait vite, la tête baissée, frôlant les murs des enclos et ceux des maisons, s'abrutissant de son pas rapide, trébuchant parfois, perdant l'équilibre qu'aucun balancier ne pouvait plus rétablir. Souvent, il s'enfonçait dans les bois proches, allant en dehors des sentiers et des places où jadis il coupait les branches dont il avait besoin. Il allait dans la forêt comme pour s'y perdre, comme on va à l'aveugle en espérant ne plus jamais retrouver son chemin. Il marchait ainsi, des heures, épuisant son souffle, ses pensées, les lueurs qui lui traversaient l'esprit, dans le fol souci de soudain, et brutalement, s'évanouir dans l'air, n'être plus rien.

Parfois, dans le village, il venait près du tout nouveau monument que le conseil municipal avait fait ériger. Un poilu en fonte regardait le ciel, la jambe gauche fléchie, l'autre tendue en arrière, tenant dans sa main droite son fusil tandis qu'à son côté un coq aux plumes insolentes se dressait sur ses ergots. Le nom du village était écrit en lettres d'or, suivi de la phrase *« à ses enfants tombés au champ d'honneur »*. Ce n'était pas un champ, pensait Firmin, c'était un bourbier, une abomination, l'envers de la vie. Dans un champ l'herbe pousse, et le blé. Là-bas, rien ne poussait, tout disparaissait dans la terre, les hommes, les mots, les joies. L'envie de cracher sur la phrase lui venait, mais il ne le faisait pas, car, au-dessous, les noms de ceux qui n'étaient jamais revenus s'alignaient, en lettres d'or également. Firmin les disait à haute voix, et pour chacun d'eux lui revenaient des regards, des gestes qu'ils avaient eus.

Il aurait aimé que le sien fût gravé à côté des leurs.

Une nuit, Firmin Vouge fit un rêve. Cela faisait des mois et des mois que pareille chose ne lui était pas arrivée. Le rêve était d'une grande banalité. Il commençait au matin, un matin de début d'automne, lorsque la lumière est encore blonde, et qu'elle entre dans les maisons comme une invitée attendue. Firmin était face à son père, dans la cuisine. Les deux hommes buvaient leur bol de chicorée en silence, mangeaient du gros pain et de la soupe. Ils échangeaient quelques mots. Puis Firmin se levait, saluait son père, lui disait à plus tard. Il était tôt encore. Personne dans les rues. À peine au loin l'ombre d'un paysan rabattant ses vaches vers le chemin alors qu'elles voulaient revenir vers l'étable. Firmin fumait une cigarette. Il se sentait bien. Il sifflotait une chanson qu'il avait entendue dans un bal : « *Te rappelles-tu, le jour de ma fête, quand tu m'emmenas rire à Robinson…* » Les paroles étaient un peu bêtes mais elles lui avaient bien plu, et la musique lui était restée dans la tête, à ne plus pouvoir la déloger.

La rue descendait en pente douce vers le ruisseau et la tournerie. Le soleil commençait à brûler les cimes des arbres sur la crête. Bientôt, tout le village prendrait feu, et cet incendie sans dommage serait le signal du jour, de la vie qui reprend, des sons et des voix qui battraient de nouveau l'air et le vent. Firmin poussa la porte de l'atelier. Il était bien le premier. Personne. Il était seul. Le seul. Les machines attendaient les hommes. Firmin comme à son habitude inspecta chacune d'entre elles, vérifia d'un simple coup d'œil les mécanismes, les rouages, les bandes. Puis il s'approcha de son tour. Il se sentait plein d'un sentiment de bonheur infini, tranquille, d'une sorte de complétude qu'il n'avait jusqu'alors jamais éprouvée. Il eut l'impression que la machine l'attendait.

Posé près d'elle sur le haut tabouret, là où il avait l'habitude d'aligner ses gouges, il vit le calepin noir à rabat et à élastiques. Il sentit un grand cisaillement dans sa poitrine, non pas de douleur, rien d'épouvantable bien au contraire, mais un choc qui en une fraction de seconde explosa dans sa tête en une myriade d'étincelles. Tout, soudain, parut se réduire dans une parenthèse : la guerre, les années d'horreur, la mort à la tâche, les sifflements des balles et le fracas des bombes, les corps perdus, hachés, défaits. C'était comme si le temps revenait sur lui-même, à la façon d'un chiffon sur un tableau noir qui effacerait d'un geste, simple et naturel, les phrases erronées, les mots hors d'usage.

Firmin inspira longuement l'air chaud de la tournerie. Il sortit les mains des poches de son pantalon, sans que ce geste l'étonnât le moins du monde. Il saisit le petit calepin dont il avait tant pleuré la perte, l'ouvrit au hasard, reconnut les dessins, les croquis, les projets, s'arrêta sur l'un d'entre eux, une sorte de quille qui représentait le visage d'un lutin. Firmin posa à plat le calepin, bien ouvert sur le tabouret, alla choisir un morceau de buis, le palpa, le caressa, en vérifia la tenue, le fit tinter, puis le plaça sur le tour. Il laça ensuite lentement son grand tablier bleu, mit sa casquette, se roula une cigarette, se sourit à lui-même, sourit à l'atelier, à la vie, au jour si beau qui lui parvenait du dehors, au visage de Bonnette qu'il imagina plongé encore dans le sommeil. Alors, fredonnant les paroles de la chanson, d'une simple pichenette de la main gauche, il actionna le moteur du tour, et la musique du ruban vint souligner de son sifflement léger le murmure de Firmin.

✳

Le vieux Vouge eut beaucoup de peine à tirer son fils du sommeil. L'heure était déjà avancée quand, à force d'être secoué, Firmin ouvrit un œil, se rendit compte du lieu où il se trouvait, de l'état véritable qui était le sien. Il perdit alors d'un coup le sourire qu'il avait encore sur ses lèvres tandis que s'effilochaient les derniers lambeaux de son rêve.

Ce jour-là, il ne voulut pas quitter sa chambre. Comme il refusa aussi de manger ce que son père présentait à ses lèvres. Il ne justifia même pas son attitude. Il se contenta de dire non de la tête, attendant le moment d'être seul pour retrouver par la mémoire ce qu'il avait rêvé durant la nuit.

Lorsque vint le soir, il se livra au sommeil avec un abandon qui n'avait d'équivalent que l'espoir qu'il plaçait dans cette noirceur vers laquelle il aspirait plus que tout à chuter.

*
**

Et de nouveau, le rêve apparut. C'était encore le matin. C'était la même scène. Les mêmes propos entre le père et le fils ou, sinon les mêmes, du moins d'autres curieusement proches. C'était la même lumière venant dans la maison, lumière d'un automne infini. Les mêmes rues désertes et encore le paysan au loin tapant le cul de ses vaches. La chanson en mémoire et les lèvres qui sifflent. La voix du ruisseau. La porte de la tournerie. Le bien-être, tout ce sang dans les veines comme d'innombrables rivières chaudes. La blondeur de l'atelier. L'inspection des tours. Le petit calepin noir.

Firmin retrouvait tout. Et curieusement, il retrouvait tout dans l'état où il l'avait laissé lorsqu'il avait précipitamment quitté le rêve de la nuit précédente. Sur le tour était le jouet qu'il n'avait pas pu terminer, et le calepin était ouvert à la page de l'esquisse. Chaque chose l'attendait. Il mit son tablier, noua les cordons, se frotta lentement les mains l'une contre l'autre, fit jouer ses doigts qu'il admira comme des trésors, simples et naturels. Puis, en chantant, il se remit à la tâche.

***

Aux yeux du monde, l'agonie de Firmin Vouge dura un peu plus de dix jours. Refusant toute nourriture, malgré les prières de son père, il s'affaiblit très vite et, au terme de deux journées, ne parvint plus à se lever. Il resta ainsi, corps diminué caché sous les draps et dont seule la tête apparaissait, dérivant la plupart des heures au fil d'un long sommeil dans lequel il reprenait le rêve admirable et paisible là où il l'avait laissé, sommeil entrecoupé seulement de moments flottants où il ouvrait un peu les yeux, apercevait son père, lui souriait, murmurait quelques paroles incompréhensibles qui paraissaient venir d'une chanson lointaine.

Le quatrième jour, le médecin, venu de Moirans, l'examina. Firmin ne s'en rendit pas même compte. Il garda ses paupières closes et, sur ses lèvres, toujours la trace d'un sourire. Le médecin rangea sa trousse, regarda le vieux Vouge, secoua la tête. Puis il mit la main sur l'épaule du vieil homme. Tous deux ensuite allèrent boire un verre de vin à la cuisine.

***

Le mardi suivant, jour de la Saint-Luc, Firmin Vouge mourut.

C'était à la fin de l'après-midi.

Son père était à ses côtés. Firmin soupira longuement, un long soupir heureux, le soupir de celui qui vient d'achever une tâche longue et importante, qui en est satisfait et fier.

Il n'avait pas rouvert les yeux. Il était parti dans son grand sommeil. Il avait refermé la porte de l'atelier, à double tour, laissant de l'autre côté quantité d'objets et de jouets en buis qui n'attendaient dorénavant qu'à être peints. Firmin, tout au long des heures de ses rêves dans lesquels il avait navigué, n'avait cessé de tourner les objets qu'il avait imaginés pendant des années et reproduits dans son calepin, tandis qu'autour de lui s'abattaient le feu et la mort. Tous. Pas un ne manquait. Firmin avait accompli son travail. Ne lui restait plus qu'à partir vraiment.

Il glissa la clef de la tournerie dans la poche de sa veste, elle tomba contre la couverture du calepin noir. Il pouvait maintenant aller la rendre au maire, cette clef, pour toujours cette fois. Il songea à Bonnette qu'il allait revoir sur le seuil quand elle lui ouvrirait la porte. Il se dit qu'il était grand temps de la retrouver. Il sentit grandir une vive chaleur dans son ventre et dans son cœur.

Il sourit, se moqua de lui-même, aspira l'air à pleine bouche et se mit en route en fredonnant la chanson.

Pierrot Lunaire

« Il y a le musée si vous voulez, même que certains viennent de loin pour le voir, des cars entiers ! Mais dépêchez-vous, il ferme bientôt… »

En disant ces mots, l'hôtelier avait posé les clefs sur le comptoir. Il regardait désormais le client au fond des yeux, comme pour découvrir ce qui se cachait très loin en lui : un pauvre type, songea-t-il, dans les cinquante, soixante ans, difficile de lui donner un âge, qui ne devait pas être très heureux dans la vie. Un cassé du dedans. Représentant de commerce, ça c'était sûr, même pas la peine de lui demander, l'hôtelier les reconnaissait à vingt pas.

« Je vous donne la 14, c'est la meilleure. » Il avait lancé cela comme on jette une bouée à la mer. L'homme avait pris la clef, s'était penché pour saisir la poignée de sa lourde valise. Il avait fait quelques pas vers l'escalier puis, timidement, était revenu vers le comptoir. Comme en s'excusant il avait alors demandé s'il y avait quelque chose à voir en ville. C'était là que l'hôtelier lui avait parlé du musée.

Le représentant jeta un coup d'œil à sa montre. Il était presque cinq heures et quart. Audehors, la nuit commençait déjà à envelopper la rue. Des ombres peu nombreuses passaient sur les trottoirs.

« C'est un musée de quoi ?

– Un musée des jouets », répondit l'hôtelier, un peu vexé de ce que l'autre ne le regarde même plus. Il semblait fasciné par les rideaux de la porte d'entrée sur lesquels on voyait des brebis, des agneaux qui les tétaient, des bouquets d'arbres.

« C'est ma femme… » reprit l'hôtelier qui par-dessus tout détestait le silence.

Le représentant se tourna vers lui :

« Pardon ?

– Les rideaux, c'est ma femme. »

L'homme ne parut pas comprendre. Il écarquilla les yeux. Il songeait aux jouets. Il ne pensait rien des jouets. Il n'en avait guère eu. Les familles dans lesquelles il avait grandi en offraient à leurs enfants. Mais à lui, on ne lui donnait pas grand-chose. On le nourrissait. On l'habillait. Il n'avait jamais été maltraité. Il ne s'était jamais plaint. Des jouets ? Non pas de jouets. Pas plus de jouets que de père ou de mère. À partir de l'âge de trois ans, seulement des familles, la valse des familles dans lesquelles il avait été ballotté, enlevé, repris, replacé. Pas de jouets. Peut-être des billes, plus tard, à la communale, et puis un vélo, il avait dix ans. Un cadeau de bienfaisance, lors d'une fête. Une dame sur une estrade, qui distribuait des lots à tous les orphelins du canton. Lui avait eu ce vélo, pas un neuf, mais un vélo malgré tout, un tricycle. En pédalant, ses genoux lui cognaient presque le front.

Il se rendit compte que l'hôtelier l'observait. Il avait beaucoup de mal avec les autres. Il fallait toujours parler, se justifier, s'intéresser à leurs propos, à leurs enfants, à leurs chiens, à leurs doutes. L'hôtelier lui avait déplu d'emblée, sa grosse tête, sa grosse voix, sa grosse assurance, sa grosse femme aussi sans doute.

« Comment y va-t-on à ce musée ?

— Vous ne pouvez pas le rater ! Vous prenez à gauche en sortant, vous allez tout droit, ensuite à environ deux cents mètres, vous verrez un passage sur votre droite, un porche, vous passez dessous et, là, vous verrez leur paquebot ! Difficile de faire plus moche ! Vous me direz, chacun ses goûts, eh bien moi je vous dirai non, c'est faux, pas chacun ses goûts : il y en a qui ont du goût et d'autres qui n'ont rien. Je t'en foutrais moi des architectes ! »

Le visage de l'hôtelier avait gonflé. Les veines de son cou battaient une mesure un peu folle. Il soufflait fort.

« Pour la demi-pension, on sert à huit heures.

– Je ne mange pas les soirs, répondit le représentant d'une voix très basse.

– Comme vous voudrez, on ne force personne… »

L'hôtelier marmonna ces mots en tordant le torchon qu'il tenait dans sa main. Il partit dans sa cuisine et claqua la porte.

L'homme ne monta pas sa valise dans la chambre. Il la posa dans un coin du salon attenant à la réception. Il sortit sans faire de bruit.

Il ne faisait guère froid. Le vent semblait plein d'eau. Des forêts toutes proches, qu'on devinait sur les hauteurs, parvenaient des senteurs de mousses et de bois pourris. La rue luisait sous l'éclairage. Il y avait des flaques sur les trottoirs et, dans l'air, un grand silence. Les magasins commençaient à baisser leurs rideaux de fer. L'homme se dit que ce devait être une jolie ville, qui lui montrait à cette heure un visage mort, peut-être trompeur, séduisant malgré tout. La cloche de l'église sonna la demie de cinq heures.

Voici deux jours qu'il allait au hasard. Deux jours d'errance, deux jours d'un voyage improbable qu'il avait attendu, lui semblait-il, durant toute sa vie. Le matin de la veille, il avait ouvert la grande valise en carton bouilli qu'il possédait depuis l'armée. Il y avait jeté du linge, sans choisir, de toute façon il n'avait pas grand-chose, et puis des livres, beaucoup de livres. Il en avait des milliers. Il ne pouvait pas tous les prendre. Il ne voulait pas tous les prendre. Plutôt que de choisir, il avait laissé faire le hasard, sa main vagabonde, prenant ici et là sans regarder, jetant les ouvrages dans la valise, la fermant.

L'appartement n'était pas très grand. Il avait peu de meubles, aucun objet ni tableau de valeur, aucun élément décoratif, mis à part une reproduction d'une peinture ancienne sur laquelle on voyait une Colombine et un Arlequin dansant sur la place d'un village. Il avait trouvé cette reproduction aux Puces un jour. Elle l'avait intrigué, il n'avait pas su pourquoi. Il était resté longtemps en arrêt devant, comme retenu par quelque chose d'invisible. Le marchand avait remarqué son attitude. Il l'avait entrepris. La vieille photographie ne valait rien. Il l'avait achetée et punaisée dans la cuisine, face à la chaise sur laquelle il s'asseyait toujours. Il n'avait jamais su pourquoi il était resté en arrêt devant elle. Les années avaient passé. Il avait cessé de la voir et de s'interroger à son sujet.

Sa pesante valise à la main, il avait passé la porte de son appartement. Il l'avait fermée à double tour. Parvenu dans la rue, il avait laissé tomber la clef dans un regard d'égout. On devait l'attendre à son travail. Ils en trouveraient un autre. Ce ne serait pas très dur de le remplacer. Il était correcteur et travaillait pour trois maisons d'édition. C'est pour cela qu'il avait beaucoup de livres chez lui, des livres qu'il avait corrigés mais n'avait jamais lus. Il n'aimait pas trop lire. Il trouvait que les romans sont de minables mensonges et que la vie est bien plus mystérieuse.

Il passa le porche que lui avait indiqué l'hôtelier. Une petite ampoule l'éclairait en clignotant de temps à autre. Un peu de mousse pendait de la voussure. Il déboucha ensuite sur une grande esplanade et vit face à lui, dans la nuit grise et mate, un assemblage de formes aiguës, tranchantes, énormes, qui posaient sur des pelouses leurs couleurs bleues et jaunes. « Le paquebot… » songea-t-il en se rappelant les propos de l'hôtelier. Il trouva quant à lui le navire bien beau.

Il n'avait jamais pris le bateau, ni l'avion, ni même le train. Ce dernier point d'ailleurs étonnait tout le monde. Comment pouvait-on vivre sans prendre le train ? On pouvait vivre, tout simplement. Il avait toujours eu horreur des gares, de leurs tumultes, de leurs annonces, de la foule, frénétique, pressée toujours, des gens qui vous bousculaient, qui auraient pu vous grimper dessus, vous piétiner simplement pour ne pas être en retard, pour partir à l'heure, pour accueillir quelqu'un. Comme étonnait aussi beaucoup de ses collègues le fait qu'il soit resté seul, toute sa vie, qu'on ne lui ait jamais vraiment connu d'amis, de copains, de fiancées, de relations amoureuses. Il avait passé sa vie seul. Sans jamais le regretter. Sans jamais en souffrir. Sans trouver cela étrange. Il n'avait pas eu de parents, n'avait pas même le plus petit souvenir d'eux, la moindre ficelle pour dérouler une histoire. Pourquoi n'aurait-il donc pas continué à être seul ?

Au guichet, une femme souriante lui vendit un billet. Il tenta de lui rendre son sourire. Mais pour cela non plus il n'était guère doué.

« Nous fermons dans vingt minutes. Ne vous étonnez pas, vous serez tout seul dans le musée ! »

Il secoua la tête, comme pour dire, non, cela ne m'étonne pas, rien ne m'étonne vous savez, puis il referma sa main sur le billet que lui avait donné la caissière. Il entra dans le musée. La bâtisse était neuve. On aurait dit qu'elle venait d'être construite. Tout était grand, spacieux. Les pas ne faisaient aucun bruit sur le sol. Il y avait partout cette odeur de neuf, de bois, de colle, de métal propre. Il s'attarda un moment devant un écran qui passait en boucle un petit film : on y voyait un ouvrier sur un tour qui façonnait une pièce. D'un morceau de bois brut, en quelques secondes, il parvenait à produire une forme élégante, une quille peut-être, prête à peindre. L'homme le regarda faire trois fois. Mêmes gestes. Film en boucle. Même beauté sortant du néant. Il suffisait d'appuyer sur un bouton pour que tout redémarre, pour que l'écran s'allume, pour que le tourneur prenne le morceau de bois, pour qu'il le façonne.

La veille, il avait roulé tout le jour. Sans savoir où il allait. Sans même s'en préoccuper. Vers la fin de l'après-midi, il avait mangé un sandwich dans une station-service encombrée de routiers. Tous dévoraient comme des ogres en regardant la télévision vissée assez haut sur un mur. Aucun ne se parlait.

La caissière ne lui avait pas menti : il était vraiment seul dans le musée. Il n'avait guère l'habitude des musées. Le mot pour lui évoquait toujours la mort, sans qu'il sache trop pourquoi. Il voyait les musées comme de grands tombeaux, des cimetières entretenus où l'on rangeait tout ce qui ne mérite pas l'oubli, tout ce qui doit être sauvé dans la mémoire des êtres.

Il se souvint que de neuf à seize ans, chaque été, il était envoyé en camp de vacances, pendant deux mois. Il n'avait pas le choix. « Déjà bien beau que l'assistance te paye des vacances ! » lui disait-on dans les familles d'accueil. « Tu crois que les miens, mes vrais enfants, je peux leur en payer ? » Il partait en autocar jusqu'au Massif Central. Un autocar d'orphelins. Des petits. Des grands. Des gentils. Des méchants. Chaque année, il retrouvait les mêmes, mais curieusement, chaque année, il ne se liait avec aucun d'entre eux. C'était deux mois d'ennui. Deux mois d'air pur. Deux mois de jeux qui ne l'amusaient guère.

Près du château où ils étaient logés dans de grands dortoirs qui contenaient pour chacun cinquante lits, il y avait un musée : on les y emmenait chaque dimanche après-midi. Il y avait des costumes d'un autre temps, des faïences ébréchées, des sabres, des perruques, des meubles vermoulus, des tableaux tellement noircis par les bitumes qu'on ne distinguait plus les visages représentés, et un vieux gardien à képi verni qui somnolait toujours sur sa chaise. Lorsqu'il rentrait de ces deux mois de séjour, les familles le trouvaient grossi, grandi, forci. « Tu en as bien profité, ça se voit, tu as de la chance. Ce ne sera pas la peine de te goinfrer maintenant. » Il ne disait rien. Il ne dit jamais rien de toute façon, attendant le terme de sa majorité comme une sorte de libération définitive.

Dans les vitrines, il y avait quantité de jouets étranges, faits de rien, de ficelles, de cartons mâchés puis collés, de boîtes en fer rouillé que des mains avaient dépecées, aplaties, roulées jusqu'à leur donner une forme de voiturette, de corps de danseuse, de ballon. Il y avait aussi des tambours de fortune, des transistors en terre cuite, des poupées en raphia. L'homme les regarda, un peu étonné, lisant les légendes qui disaient les provenances, les matériaux, imaginant ces enfants du bout du monde pêchant autour d'eux, dans le dénuement qui était toute leur vie, les éléments fragiles qui, tissés ensemble, parviendraient à créer ce que la misère leur refusait avec constance. Il imagina aussi celui qui leur avait pris ces jouets, qui les leur avait achetés, ou volés, ou arrachés des mains peut-être, afin qu'ils soient là, devant lui, dans ces vitrines, jouets sans enfants, jouets perdus d'enfants morts, jouets endormis d'enfants qui ne l'étaient plus depuis longtemps. Il quitta ces vitrines pour aller vers d'autres. Il lui sembla que la pluie tombait au-dehors. Il se dit qu'il était sur une mer, en partance, laissé dans une cale de ce grand bateau à la coque bleu et jaune. Le visage de l'hôtelier lui vint alors à l'esprit. Cela le fit un peu sourire.

Jamais il n'avait désiré avoir d'enfants. La pensée même ne lui était jamais clairement venue à l'esprit si bien qu'il n'avait pas eu à la chasser ni à l'enfouir. Personne après lui. Comme il n'y avait personne avant lui. Pas de noms, ni celui de sa mère, ni celui de son père. Rien. Pas de visage. Pas de souvenir. Aucun objet. Son propre nom, Jacques Christine, donné par une employée de l'assistance : *Jacques*, le saint patron du jour où il fut trouvé. *Christine*, la sainte patronne de la veille de ce jour.

Lorsqu'il fut majeur, il alla voir les services de l'assistance publique. On le reçut. Lui était un peu gauche. Il n'osait pas trop regarder en face la personne derrière le bureau. Malgré tout, il parvint à demander, tout en malaxant la casquette qu'il tenait dans ses mains. Il donna le nom qu'on lui avait imposé. Il dit son âge, l'âge qu'on lui avait donné. La personne de l'assistance le laissa seul. Il fallait qu'elle consulte les registres. Elle partit. Cela dura. Il n'osait pas trop regarder autour de lui, le bureau, les murs, les fenêtres. Il se disait que peut-être on était en train de le surveiller, d'épier ses réactions, et que les réponses à ses questions dépendraient de son attitude, de sa passivité, de son calme. La personne revint. Elle était désolée, mais il n'y avait rien. Cela arrivait souvent. Plus encore pour ceux comme lui qui étaient nés au début de la guerre. Transfert d'archives. Dossiers perdus. Drôle d'époque vous savez. La personne le poussait déjà vers le dehors. Le plus important, c'était de regarder devant soi. Il allait avoir un métier. Sa vie commençait. Il allait se marier. Quelle importance le passé ? Mieux valait fermer la porte une bonne fois pour toutes. Ne plus y penser. Jamais. Il était si jeune. Allons. Il remit sa casquette qui n'avait plus de forme. Il dit au revoir. La personne lui tapa trois fois sur l'épaule. Non pas d'enfants. Jamais. Personne avant lui. Personne après lui.

Devant ses yeux défilaient des dizaines de poupées. Oui, c'était comme s'il était immobile et que soudain, à la façon d'images sur un écran de cinéma, ce fût les vitrines qui passaient, et dans les vitrines, les yeux écarquillés, intensément brillants de ces poupées, grandes, nues, vêtues, grosses, roses, blanches, assises, debout, prêtes à la marche ou à l'endormissement. Il y avait aussi des baigneurs, chauves, en celluloïd ou en porcelaine, assemblés en de petites scènes de jeu, de dînette, de bricolage. Tout un monde figé, un peu angoissant, d'une humanité réduite et souriante.

Il continua sa ronde. Il se dit qu'il aurait aimé être le gardien d'un lieu, le gardien nocturne d'une usine, d'un entrepôt, d'un musée pourquoi pas. Être là où les autres ne sont plus, ou ne sont pas encore, se débrouiller avec soi-même et la nuit au-dehors. C'est tout. Ne rien dire, marcher parmi les vitrines, entendre ses pas aller sur le sol, et son souffle dans l'air silencieux. Rien d'autre.

La veille au soir, il avait dormi dans sa voiture. Il avait roulé encore quelques heures après s'être arrêté dans la station-service, puis il s'était garé sur un parking. Il n'y avait pas d'autres voitures. Il était sorti, avait marché un peu. Il voyait quelques montagnes au loin, comme des masses sombres, encore plus sombres que la nuit elle-même. Il ne savait absolument pas où il se trouvait. Il savait simplement qu'il était parti le matin, et qu'il ne reviendrait plus jamais, qu'il avait quitté son travail sans prévenir, qu'il s'en

fichait, qu'il avait assez d'argent pour vivre longtemps, n'ayant jamais rien dépensé de sa vie. Il
ne savait pas où il allait. Il ne s'en préoccupait
pas. Il avait le sentiment de n'être personne. De
n'avoir pas de lieu. Pas de place. Il lui avait fallu
vivre plus de soixante années enraciné quelque
part avant d'oser couper les liens ténus, et partir
sans autre but de voyage que cette errance elle-
même. Il avait enfin le sentiment profond d'être
en phase avec lui-même.

Dans un haut-parleur, une voix féminine,
peut-être celle de la caissière, annonça qu'il était
dix-sept heures cinquante-cinq et que le musée
allait fermer ses portes dans quelques minutes.
La voix le priait de se diriger vers la sortie. Il se
rendit compte qu'il était parvenu, sans même
s'en apercevoir ni avoir le souvenir de la montée
des marches, au premier étage. Il chercha l'escalier, le descendit lentement. Il vit d'autres jouets,
des camions de pompiers, des dépanneuses, des
voitures de police, puis des trains, des trains,
encore des trains, et cette vision lui fit tourner la
tête. Il ressentit une sorte de nausée, crut qu'il
allait être mal. Il ferma les yeux, avançant ainsi
quelques mètres dans l'obscurité de ses paupières closes. Lorsqu'il les rouvrit, il se rendit
compte qu'il allait heurter de plein fouet une
vitrine. Il stoppa net. Une armée au grand
complet le regardait, soldats alignés en rang,
fusil à la main, baïonnette au canon. Des

bosquets verts, un peu comme ceux des petits rideaux de l'hôtel, mais en coton peint ceux-ci. Aucune brebis. Aucun agneau. Tout à côté, il y avait une armée d'un autre type, affalée, couchée, cassée en deux, démantibulée, dégingandée : pantins de bois et de carton, pantins bruts et pantins peints, jambes nouées, écartées, pardessus tête, têtes à l'envers, effondrées, rieuses, moqueuses. Des dizaines et des dizaines de pantins, grotesques et pitoyables, émouvants, délaissés, comme échappés d'une supplique antique, roués, cassés, estrapés, jetés là dans cette fosse commune à l'air libre.

Il eut un peu froid. Il releva le col de son imperméable. La tête lui tournait. Et puis soudain il y eut comme une voix qui vint de la vitrine, pas une vraie voix bien sûr, il n'avait plus vingt ans certes, mais il n'était ni sénile, ni fou, mais tout de même, c'était presque comme une voix, une voix sans parole et sans mélodie qui l'appelait, peut-être du fond de lui-même plus que de la vitrine et qui lui disait de regarder encore. Il regarda encore donc. Et il le vit.

C'était un petit Pierrot bancal, grossier, mal peint, au regard ourlé de noir, au sourire de mystère et de mélancolie, une larme figée à son œil gauche, un pantin à trois sous que l'on vendait dans les rues jadis. Alors il sentit, en même temps que le pantin paraissait le fixer lui, et lui seul, comme il n'aurait pu fixer personne d'autre, même si des milliers, des centaines de milliers d'hommes et de femmes eussent été dans le même lieu, il sentit s'ouvrir dans sa chair une immense déchirure, comme si d'un coup et sous l'effet du regard de ce Pierrot de bois, tout son être se fendait en deux, jusqu'à l'âme, une déchirure nette, violente mais aucunement douloureuse, un voile que l'on fend d'un trait, un voile ou plutôt un lourd rideau posé sur la part la plus intime de sa mémoire, et cela depuis plus de cinquante années.

Il tituba.

Son front heurta la vitrine.

Le pantin le regardait toujours par-delà la paroi de verre et par-delà le temps.

C'est l'été. Il a très chaud. Il y a une foule dense dans la rue, une large rue, tous les gens vont dans le même sens, et lui, il tient une main. Il ne voit des autres que les jambes de pantalons, les mollets des femmes, les chaussures, les sacs, les ballots, les valises. Il a de très petites jambes et il trottine. Il a vraiment chaud, très chaud. Il n'en peut plus, et puis il a faim, et soif, il ne pense qu'à cela, boire, boire de l'eau ou du lait. Il se met à pleurer, sans s'arrêter et une voix douce l'appelle par son prénom, son vrai prénom, lui dit d'être sage et courageux, que bientôt ils vont arriver. La foule est de plus en plus dense, et de plus en plus nombreuse. Ses pleurs se sont transformés en hurlements car il a peur que la main le lâche, et qu'il soit ainsi emporté par le courant de la foule, qu'il se perde, qu'il ne retrouve plus jamais la main, ni la voix douce qui lui dit son prénom.

Il ne sent plus ses jambes, il a trop mal, il est trop petit, il a soif et faim aussi. Il tombe. Il chute lourdement. La foule se fend un peu. Il pleure. La voix vient tout près de lui, et après la voix, des lèvres, une bouche très douce, un parfum d'acacia, de fleurs d'acacia, oh ce parfum, ses larmes brouillent ses yeux, il ne distingue que très difficilement le visage mais il le connaît si bien ce visage, il en connaît chaque trait, comme un enfant connaît chaque trait du visage de sa mère. Et puis soudain, tandis que sa mère le console et s'apprête à le porter, une autre main s'approche, plus grosse que l'autre, plus épaisse, et cette main tend un petit pantin de bois, un Pierrot noir et blanc, qui sourit malgré une larme figée au coin de son œil gauche. Sa mère se lève, le porte. Lui, il saisit le pantin que la forte main lui tend, et derrière cette main apparaît un homme qui le regarde avec intensité, comme si le monde allait s'arrêter quelques secondes plus tard, comme si tout allait s'arrêter, et cet homme, c'est son père.

Son petit cœur fait de grands bonds, pour le pantin, pour son père, pour sa mère. Il ne pleure plus. Son père le hisse sur ses épaules. Il porte une très lourde valise, en carton bouilli. Il est si fort. Il prend son enfant, il soutient sa femme, il porte la valise. L'enfant est par-dessus la foule, sur des épaules puissantes comme des montagnes. Il joue avec le petit Pierrot articulé. Il n'a plus soif, plus faim, plus peur.

Plus tard, de nouveau, la soif le tiraille. Sa mère lui donne de l'eau qu'elle prend dans une bouteille de lait. Ils sont assis tous les trois. Dans l'herbe. Comme pour un pique-nique. Son père a pris le pantin et s'amuse à le faire marcher dans l'herbe, devant ses yeux. Lui, il tape dans ses mains. Il voit sa mère sourire. Elle l'embrasse. Autour d'eux, des milliers de gens pique-niquent aussi. Ils sont dans une sorte de grand stade, presque rond. Il y a des gradins et des gendarmes. Il fait très chaud. Puis c'est la nuit.

Tous les trois dorment serrés les uns contre les autres. Il est entre son père et sa mère. Il tient le petit pantin contre son cœur. Il est heureux. Il sent l'odeur de tabac gris de son père, le parfum de fleurs d'acacia de sa mère. Il est si bien.

Le pique-nique dure plusieurs jours. Il trouve cela un peu long mais il ne le dit pas. Il ne se plaint pas. Son père a désormais une jeune barbe qui pique. Sa mère ne sourit plus beaucoup. Elle le serre de longs moments contre elle. Elle l'embrasse beaucoup. Il adore cela. Dans la journée, il reste toujours contre son père ou contre sa mère. Parfois, il se cache derrière la valise avec son Pierrot de bois, et il entend la grosse voix de son père qui dit « *Où se cache mon petit garçon ? Où se cache mon chenapan ?* » Il ne dit rien. Il est invisible. Personne ne peut le trouver, mais son père le trouve, alors il hurle de joie, et son père le porte jusqu'au ciel, et le lance en l'air. Il rit. Il se blottit ensuite dans les bras doux de sa mère.

Une nuit, il sent des mouvements. Il ouvre un peu les yeux. Il a très sommeil. Il est dans les bras de sa mère. Son père est à leurs côtés, il porte la grosse valise. Ils marchent. Comme tous les gens. Des gendarmes les conduisent. La voix de sa mère lui dit que tout va bien, qu'ils partent en vacances. Il tient son pantin. Il se rendort. Il a trop sommeil.

Lorsqu'il se réveille, il ne voit rien. Pourtant c'est le jour, mais un jour noir, et qui bouge. Il est sur les genoux de sa mère. Son père est contre eux et derrière, il y a la valise. Et des quantités de gens serrés assis comme eux les uns contre les autres. Tous ont des visages tristes. Il fait trop chaud. Il a soif. Il demande. Sa mère regarde son père. Cela bouge. « C'est le train », dit la voix de sa mère. Il se dit alors qu'il déteste le train, même s'il ne sait pas ce que c'est. Et il déteste les vacances. Pierrot aussi déteste les vacances. Le pantin a toujours son sourire et sa larme. Il a sommeil. Il se rendort.

L'odeur le réveille. L'odeur et la soif. Cela sent très mauvais, comme lorsque les cabinets de l'immeuble sont bouchés et qu'ils débordent. Il se pelotonne contre la poitrine de sa mère. Là, il y a encore un peu du parfum des acacias. C'est si bon. Il ferme les yeux. Son corps le brûle. La soif. La fièvre. Il rêve. Il aimerait entrer dans la valise, et que sa mère et son père aussi entrent dans la valise, et que Pierrot aussi entre dans la valise. Qu'on ne les voie plus, plus jamais. Qu'ils disparaissent. Disparaissent ensemble.

Le train s'arrête, puis repart. Son père a réussi à trouver un peu d'eau. Il boit avidement. Il s'endort.

C'est le jour, puis la nuit, puis de nouveau le jour. Des gens gémissent dans le wagon, d'autres pleurent, certains hurlent. Il n'est pas le seul à ne pas aimer partir en vacances. Cela sent de plus en plus mauvais. Sa mère le serre si fort que parfois il croit qu'il va s'étouffer. Son père aussi le serre, et l'embrasse. Il les regarde avec bonheur. Il en oublie sa faim, sa soif. Il en oublie qu'il est un très petit enfant de trois ans.

Il ne sait plus depuis combien de temps ils sont partis. Il ne sait plus depuis combien de jours et de nuits ils sont dans le train : une seule ? des milliers ? Il cherche le parfum de tabac gris, l'odeur des fleurs d'acacia. Il n'y a plus rien. Il n'y a plus de bruit non plus. Plus de bruits humains. Seulement les bruits du train. Les gens se sont tus. Son pantin sourit toujours et pleure en même temps. Comme lui.

Soudain un bruit énorme. Une bouffée d'air pur. Un crépuscule. Des champs. Des vaches. Un gendarme les regarde. Il est tout proche d'eux, qui sont près de la portière. Son père parle au gendarme. Celui-ci ne veut pas trop écouter. Son père l'empoigne et lui parle. Cela va vite. Sa mère pleure, pleure. Le gendarme fait non, plusieurs fois, avec sa tête. Son père met alors la main dans sa veste et donne son porte-feuille au gendarme. Le gendarme l'empoche. Sa mère pleure toujours. Les larmes coulent sur son beau visage, son beau visage de mère. Le père secoue le gendarme par les épaules. L'autre se laisse faire. On entend un long coup de sifflet et le bruit des portières d'autres wagons qui se ferment en claquant.

Soudain son père le prend, le regarde droit dans les yeux, l'embrasse sur la bouche, à lui faire presque mal. Sa mère hurle, l'embrasse, le serre, le mouille de ses pleurs. Son père l'arrache à elle, le Pierrot tombe sur le sol souillé du wagon. Tout va très vite. Il est dans les bras du gendarme. Celui-ci le pose dans l'herbe, près des rails. Il ne voit plus sa mère, plus son père. Il voit des roues, il entend les hurlements de sa mère, le claquement de la porte du wagon qui se referme. Le train se met en marche. Sa mère hurle son prénom au travers de la lourde portière. Il entend des coups sur les parois du wagon. Lui aussi hurle. Il appelle sa mère. Il appelle son père. Il hurle comme jamais jusqu'à ce jour il n'a hurlé, comme jamais plus ensuite il ne hurlera. Le train redémarre lentement, le gendarme saute sur un marche-pied. Le train s'en va. Et avec lui les cris, les coups sur les cloisons, les parfums perdus, les odeurs épouvantables, les visages, les noms, les peaux, les baisers, les yeux, les lèvres, les traits de sa mère et ceux de son père, le sourire immobile et la larme figée du petit Pierrot de bois.

Plus de bruit. Plus rien. Le train est déjà loin. Il ne reste que les étoiles dans le grand ciel tout noir, et puis le silence de la campagne. Sa grande douceur chaude. Son vide immense.

Lorsque la caissière du musée parvint à le relever, elle crut que l'homme avait fait un malaise. Elle le soutint et l'emmena jusqu'à l'entrée où elle le fit asseoir. Puis elle appela un médecin. L'homme ne bougeait pas. Il regardait le sol, prostré. Il ne paraissait pas en mauvaise forme, même si son visage tremblait un peu et que ses yeux, grands ouverts, semblaient apercevoir des choses que lui seul pouvait distinguer. Il ne disait pas un mot, comme s'il n'entendait pas les questions de la caissière.

Le médecin qui l'examina ne trouva rien d'anormal. Il sortit peu à peu de sa torpeur. Il regarda autour de lui. Il reconnut vaguement le visage de la caissière qui lui souriait avec inquiétude. Le médecin lui demanda son nom. Il le dit. Il lui demanda où il était descendu. Il put désigner l'hôtel. Peu à peu, l'homme se souvint de tout ce qui s'était passé, mais il n'en dit rien. Tout avait la texture du songe, si bien qu'il ne parvenait pas à distinguer ce qu'il avait rêvé de ce qu'il avait vécu, ce qu'il avait vécu de ce dont il s'était souvenu, subitement, avec la rapidité d'une gifle, d'une onde foudroyante qui avait mis tant d'années pour que son écho arrivât enfin jusqu'à lui.

Il se leva. « Je peux marcher, dit-il. Je peux marcher. » Il fit quelques pas pour le prouver. Il se trouva alors face à de petits présentoirs sur lesquels des reproductions de jouets exposés étaient mises en vente. Il y avait sur le haut une dizaine de Pierrot, suspendus par la tête. Tous souriaient. Tous avaient une larme à l'œil gauche. Il les effleura d'une main tremblante et, pour la première fois de sa vie, il prononça le prénom de sa mère, puis celui de son père, puis le sien. À haute voix. Des prénoms chéris, perdus, disparus, et qu'il venait d'aller rechercher, grâce à un simple jouet de bois peint, dans le royaume des morts et celui des ombres.

Le lendemain matin, il quitta la ville.

Il partit de l'hôtel à l'aube, en y abandonnant sa lourde valise. Il ne croisa pas le patron. Il déposa deux billets de banque sur le comptoir. Il poussa la porte et son rideau champêtre.

Il roula des heures sans s'arrêter. La pluie tombait avec lenteur. Le jour était laiteux. Sur le siège avant de sa voiture, tout à côté de lui, était posé un Pierrot qui regardait la route, très loin, le plus loin possible, bien au-devant d'eux-mêmes.

Souvent, par moments, à haute voix, l'homme disait les trois prénoms. Il les répétait et les faisait sonner, comme on agite dans le vent, à pleines mains, des pépites et des pierreries. Et il leur souriait comme on sourit aux visages de ceux qui ont fait ce que nous sommes et qui, bien qu'en allés, demeurent toujours au plus près de nos vies, dans leur transparent silence.

REMERCIEMENTS

L'auteur remercie toutes les personnes qui l'ont accueilli et ont rendu son travail possible. Il a une pensée toute particulière pour le personnel du Musée de Moirans-en-Montagne, Madame Stéphanie Verollet et Monsieur Bernard Lorge.

Philippe Claudel
dans Le Livre de Poche

Les Âmes grises   n° 30515

« Elle ressemblait ainsi à une très jeune princesse de
conte, aux lèvres bleuies et aux paupières blanches.
Ses cheveux se mêlaient aux herbes roussies par les
matins de gel et ses petites mains s'étaient fermées sur
du vide. Il faisait si froid ce jour-là que les moustaches
de tous se couvraient de neige à mesure qu'ils souf-
flaient l'air comme des taureaux… »

Le Bruit des trousseaux   n° 3104

« Le regard des gens qui apprenaient que j'allais en
prison. Surprise, étonnement, compassion. "Vous
êtes bien courageux d'aller là-bas !" Il n'y avait rien à
répondre à cela… »

Le Café de l'Excelsior   n° 30748

« Viens donc Jules, disait au bout d'un moment un
buveur raisonnable, ne réveille pas les morts, ils ont
bien trop de choses à faire, sers-nous donc une

tournée… Et Grand-père quittait son piédestal, un peu tremblant, emporté sans doute par le souvenir de cette femme qu'il avait si peu connue et dont la photographie jaunissait au-dessus d'un globe de verre… »

Il y a longtemps que je t'aime   nº 31784

Il me semble souvent que j'écris des romans comme le ferait un cinéaste, et j'ai eu le sentiment très net de réaliser mon film, *Il y a longtemps que je t'aime*, comme un écrivain compose un roman. Une fois le tournage passé, une fois le fim achevé, je n'en avais pas fini avec l'aventure. Le désir de la réexplorer avec le recul, et avec les mots – ceux de l'écrivain ? ceux du cinéaste ? –, s'est alors imposé. P. C.

Le Monde sans les enfants et autres histoires nº 31073

Vingt histoires, à dévorer, à murmurer, à partager. Vingt manières de rire et de s'émouvoir. Vingt prétextes pour penser à ce que l'on oublie et pour voir ce que l'on cache. Vingt chemins pour aller du plus léger au plus sérieux, du plus grave au plus doux…

La Petite Fille de Monsieur Linh   nº 30831

Un vieil homme debout à l'arrière d'un bateau serre dans ses bras une valise légère et un nouveau-né. Le vieil homme se nomme Monsieur Linh. Il est seul désormais à savoir qu'il s'appelle ainsi. Il voit s'éloigner son pays, celui de ses ancêtres et de ses morts, tandis que dans ses bras l'enfant dort.

Le Rapport de Brodeck   n° 31315

Au lendemain de la Seconde Guerre mondiale, dans un village isolé par les montagnes, Brodeck établit de brèves notices sur l'état de la flore. Le maréchal-ferrant lui demande de consigner des événements qui ont abouti à un dénouement tragique. Miraculé des camps de concentration, Brodeck n'a jamais essayé de lever le voile sur l'éventuelle culpabilité des villageois dans les horreurs qui ont touché son entourage.

LA PETITE FILLE DE MONSIEUR LINH, roman, Stock, 2005

LE RAPPORT DE BRODECK, roman, Stock, 2007

PARLE-MOI D'AMOUR, pièce en un acte, Stock, 2008

LE PAQUET, pièce pour un homme seul, Stock, 2010

L'ENQUÊTE, roman, Stock, 2010

Ouvrages illustrés

LE CAFÉ DE L'EXCELSIOR, roman, avec des photographies de Jean-Michel Marchetti, La Dragonne, 1999

BARRIO FLORES, chronique, avec des photographies de Jean-Michel Marchetti, La Dragonne, 2000

AU REVOIR MONSIEUR FRIANT, roman, éditions Phileas Fogg, 2001 ; nouvelle édition Éditions Nicolas Chaudun, 2006

POUR RICHARD BATO, récit, Æncrages & Co, collection « Visible-Invisible », 2001

LA MORT DANS LE PAYSAGE, nouvelle, avec une composition originale de Nicolas Matula, Æncrages & Co, 2002

MIRHAELA, nouvelle, avec des photographies de Richard Bato, Æncrages & Co, 2002

TROIS NUITS AU PALAIS FARNÈSE, récit, éditions Nicolas Chaudun, 2005

FICTIONS INTIMES, nouvelles, sur des photographies de Laure Vasconi, Filigranes Éditions, 2006

OMBELLIFÈRES, nouvelle, Circa 1924, 2006

LE MONDE SANS LES ENFANTS ET AUTRES HISTOIRES, nouvelles, illustrations du peintre Pierre Koppe, Stock, 2006

QUARTIER, chronique, avec des photographies de Richard Bato, La Dragonne, 2007

PETITE FABRIQUE DES RÊVES ET DES RÉALITÉS, avec des photographies de Karine Arlot, Stock, 2008

CHRONIQUES MONÉGASQUES, récit, Gallimard, collection « Folio Senso », 2008

TOMBER DE RIDEAU, poème, sur des illustrations de Gabriel Belgeonne, Jean Delvaud et Johannes Strugalla, Æncrages & Co, 2009

Composition réalisée par FACOMPO (Lisieux)

Achevé d'imprimer en octobre 2010 en Espagne par
LITOGRAFIA ROSÉS S.A. – 08850 Gavá
Dépôt légal 1re publication : novembre 2010
LIBRAIRIE GÉNÉRALE FRANÇAISE – 31, rue de Fleurus – 75278 Paris Cedex 06

31/2418/7